青梅線レポートの謎

西村京太郎

角川文庫
22329

目次

第一章　奥多摩駅

1

青梅《おうめ》線は、中央本線の立川《たちかわ》駅と奥多摩《おくたま》駅を結ぶ三七・二キロのＪＲの路線である。

三七・二キロは、フルマラソンのコースより短い。が青梅線の場合、その長短はあまり意味がない。途中の青梅駅一帯まで東京のベッドタウン化していて、時刻表を見ると、青梅発のかなりの電車が東京駅行だからである。もちろん、東京発も立川止まりより青梅着が多い。通勤電車なのだ。

大都会の郊外がベッドタウン化するのはよくある話だが、青梅線の場合は、青梅の先が少し違う。

青梅を出た途端に、車窓の景色が一変するのである。併行する多摩川《たまがわ》は渓流になり、ビル群も消えて、深い森林と、山々の景色に変わっていく。青梅の先は、渓谷鉄道に変身するのである。

大げさにいえば、青梅までは東京の通勤電車だが、

終点の奥多摩駅は、その典型といっていいだろう。起点の立川駅はビルそのものだが、奥多摩駅は大きな山小屋である。都内のＪＲの駅の中では、もっとも標高の高い三四三メートルにある。

山小屋風の二階建てで、駅の周辺には、昔風の食堂が並び、みやげ店もあって、平成というよりも昭和の匂いがする。何よりも、駅前の道路を渡るとそこは、多摩川の支流日原川《にっぱらがわ》の渓谷である。

奥多摩駅の駅長の原田《はらだ》は、ここ奥多摩の生まれである。

冬期は閑散としているが、春を迎えると、にぎやかになってくる。休日には、東京からハイカーがドッと押しかけてくるからだ。東京からでも、二時間前後で奥多摩に着くし、ここには、本物の自然が待っている。深い山脈、渓谷を流れる清流、滝もある。キャンプ場や、釣り場、鍾乳洞《しょうにゅうどう》もある。

一番の高山は、標高九二九メートルの御《み》岳山《たけさん》で、その山頂には、古い武蔵御《むさしみ》嶽《たけ》神社があり、徒歩で登るのが大変なら、ケーブルカーがある。

他にも、日本画の玉堂《ぎょくどう》美術館や、吉川英治《よしかわえいじ》記念館もあり、家族連れには青梅鉄道公園がある。奥多摩駅から奥多摩湖までバスも出ている。

そうした都会の人々を迎えるために、土、休日には新宿《しんじゅく》から快速電車も走る。

四月五日。今日も、到着する電車から、東京の家族連れがはき出されてくる。

彼らのために、奥多摩周辺のパンフレットを用意してあるが、駅員も道案内に忙しい。

駅長の原田も、中年の男につかまってしまった。

ただ、少しハイカーたちと違ったのは、いきなり名刺を差し出してきたことだった。


「長谷川《はせがわ》通信　代表　長谷川　浩《ひろし》」


とあり、住所は、立川市のマンションになっていた。

「通信社の方ですか」

と、原田が肯《うなず》くと、男は笑って、

「通信社といっても、家内と二人だけの個人経営です」

「しかし、大変なお仕事だと思いますが」

「身体を使って、面白そうなニュースダネを拾って、それをテレビや新聞に売っています。それで、お聞きしたいんですが、ＯＭレポート、正しくは青梅線レポートというらしいのですが、駅長さんはご存じですか？」

と、きいた。

「いや、まったく知りませんが、どんなものですか？」

と、原田は、逆にきき返した。

鉄道マニアが書いた、青梅線評判記のようなものではないかと思ったのだが、相手は、

「そういうものなら、本や雑誌で読めますが、どうも公表されてないものらしいのです」

と、いう。

「しかし、青梅線が赤字で廃線になるような話はありませんし――。東京に一番近い行楽地で、山あり川あり、キャンプ場も釣り場も、何でも揃っています。まだこれから発展していきますよ」

「そういうことでもないと思うのです」

という男も、自分の言葉に自信が持てずにいらついている感じだった。

「よく分からないお話なので、お答えのしようがありませんが」

原田も、そういうより仕方がなかった。

「この町は、どんな町ですか？」

と、男は質問を変えた。

「そうですねえ。正確には、東京都西《にし》多摩郡奥多摩町《まち》です。人口は、五千人余りですかね。最近は奥多摩ハイキングのベースになっていますが」

「何か、大きな催しがありますか？」

「そうですねえ。一番、人が集まるのは、二月の第三日曜日に行われる『青梅マラソン』の日でしょうね。歴史のある市民マラソンで、一万人を超す参加者ですから、この駅もランニングシューズの大集団であふれます。その他、春になるとハイカーが集まり、特に休日は、電車は満員です」

と、原田は説明したが、男はそういう話には興味がない感じで、

「もう一度お聞きしますが、ＯＭレポート、青梅線レポートという言葉をお聞きになったことはありませんか？」

と、同じことをきく。

原田は、念のために駅員にもきいてみたが、知らないといわれた。

「分かりました」

と、男はいい、

「このことは忘れて下さい」

妙な言葉を残して、駅舎を出て行った。

2

四月は、暖かい晴天が続いて、奥多摩駅で降りる客の数が多かった。

原田は出勤すると、駅長室でまず新聞を読み、テレビのニュースに目をやる。

この奥多摩駅と青梅線に関係するニュースを知りたいからである。

「昨夜午前〇時近くに、中野《なかの》の飲み屋街で、中年の男性が倒れているのが発見され、すぐ救急車で近くの病院に運ばれましたが、腹を二ヶ所刺されており、一時間後に死亡しました――」

原田は、新聞に目を通しながら、耳でテレビのニュースを聞いていた。関係がなければ、聞き流してしまう。

この時も聞き流していたのだが、突然、目をあげてテレビを見た。テレビのアナウンサーがこういったからだった。

「――この男性は、持っていた運転免許証から、立川市内に住む長谷川浩さん三十五歳と判明。警察は殺人事件と見て――」

テレビの画面に、中年の男の顔が映っている。

間違いない。四月五日に、妙な質問をした男である。

午後三時過ぎになって、警視庁捜査一課の刑事二人が、会いに来た。十津川《とつがわ》という警部と、亀井《かめい》という刑事である。

「殺された長谷川浩さんの奥さんにお会いしましてね。いろいろお話を伺っていたら、今年の四月五日に、青梅線の奥多摩駅に行ってくるといって、出かけたというのです。長谷川さんは四月五日に、ここに来ましたか？」

と、十津川がきく。

「ええ。私に会いに来られました」

と、原田は、その時にもらった名刺を、刑事たちに見せた。

「それで、長谷川さんは、何の用で来たんですか？」

「それが、妙なことを聞くんですよ。ＯＭレポート、つまり青梅線レポートを知っているかと聞かれたんです」

「青梅線というと、この奥多摩駅も入りますね？」

「立川と、この奥多摩の間、三七・二キロです」

「それで、原田さんは何と答えたんですか？」

「私は、初めて聞いたので、正直に知らないと答えましたよ」

「それで、長谷川さんは、どうしました？」

「しつこく二度、知らないかと聞かれました。私が知らないというと、妙な言葉を残して、駅を出て行きました」

「どんな言葉ですか？」

「このことは忘れて下さいと言われたんですよ。しつこく聞いたのに、勝手なことをいうなと思いましたが、私の知らないことなので、忘れてしまっていました。でも、今朝のテレビのニュースを見てびっくりしました」

「確認しますが、長谷川さんは、ＯＭレポート、青梅線レポートを知らないかと、駅長さんに聞いたんですね？」

「そうです。私も知らなかったし、他の駅員も知りませんでした」

「青梅線レポートというと、最近ＤＶＤも出ている、××線案内みたいなものですかね。いつ開業したかとか、特急が走っているかとか、それに沿線案内といったことですが」

と、亀井刑事がいう。

「私も、そんな風に考えたんですが、長谷川さんは、違うみたいな口ぶりでした」

「彼は、青梅線レポートが、どんなものだと考えていたんですかね？」

「長谷川さん自身、よく分からないみたいで、いらいらしていましたね」

と、原田は、いった。

「他に、長谷川さんは、何かいっていましたか？」

「奥多摩の町にも、興味を持っている感じでしたよ。それで私は、何しろ東京に一番近い行楽地で、山あり川ありで、キャンプ場も釣り場も、何でも揃っていますから、これから発展していくだろうと話しました」

「それで、長谷川さんの反応はどうでした？」

「それが、どうも、はっきりしないのですよ。この話は、黙って聞いておられましたがね。すぐ駅から出て行かれましたから」

「つまり、長谷川さんの関心は、ＯＭレポート、青梅線レポートだったということですね？」

「そうですが、それが何なのか、全く分かりません。まるで、秘密レポートみたいで」

　原田がいうと、十津川警部がふいに、

「それですね」

　と声を大きくした。

「秘密のレポートですよ。長谷川さんにとって、秘密レポートだった。だから関心を持って、追いかけていたんだと思いますよ」

　と、十津川は断定した。

「どういうことですか？」

　原田には、分からない。第一、今は春の行楽シーズンである。東京から、自然を求めて人々がやってくるのだ。毎年、この奥多摩の町と奥多摩駅がその舞台になり、基点になる。怪しげな秘密のレポートなどとは、何の関係もない筈《はず》である。

　十津川が、原田を見返して、

「青梅線の特徴は、何ですか？」

「特徴ですか？」

「そうです。他の路線に比べて、どんな特徴がありますか？」

「そうですね。強いてあげれば、立川から青梅までが通勤電車で、青梅からあと、終点の奥多摩まではローカル電車です」

「珍しいんですか？」

「似たような路線は、他にもあると思いますが、青梅線ほど極端なものは、少ないでしょうね。それから、普通、ローカル線の部分は、本数が減っていくか、廃線になってしまうものですが、青梅線はその恐れはまずありません」

「どうしてですか？」

「今もいったように、東京に直結していますからね。新宿から快速に乗れば、二時間もかからずに、この奥多摩に着くんです。そのうえ、ここには海以外のあらゆる自然があるんですよ。従って青梅線は、ベッドタウンの部分の乗客も増えるだろうし、奥多摩の自然の部分も、乗客が増えていくと、確信しています」

　と、原田は、胸を張った。

「この奥多摩町で最近、大きな事件は起きていませんか？」

十津川がきくので、原田は、

「ここは東京ですよ。それなら、警視庁の管轄でしょう。私なんかよりも、刑事さんの方が知っている筈ですがね」

と、いい返した。少しいい気分だった。

この日、二人の刑事は、ここのホテルに一泊するといって、駅舎を出て行った。

翌日、いつもの通りの勤務中に、子供の時からの知り合いの桜井《さくらい》から、電話があった。

桜井は現在、奥多摩町役場で、助役をやっている。

「ぜひ、相談したいことがあるんだが、昼に会うのは無理か？」

と、桜井は、いった。

「いや、一時間ぐらいなら、外へ出られるよ」

と、原田は、いった。

十二時から午後一時まで、駅近くの食事処《どころ》で昼食を取ることになった。

現在の住所は離れているが、会って、食べたり飲んだりしようと思えば、いつでも出来るのに、勤務先に電話して来て、会いたいというのは珍しかった。

桜井が先に来て、昼食を頼んでくれていた。

「何か心配ごとか？」

と、食事をすすめながら、原田がきいた。

「今朝、役場に警視庁の刑事がやってきた」

　と、桜井がいう。

「そうだろう。駅には昨日来たよ。十津川という警部と、亀井という刑事だ」

「ああ、その二人だ。駅には、何を聞きに来たんだ？」

「中野の飲み屋街で、長谷川浩という男が殺されてね。その男が、四月五日に駅に来て、私に質問しているんだ。それがあって、私に刑事が会いに来たんだ」

「それは、青梅線のことじゃないのか？」

　と、桜井がきく。

「町役場でも、同じことを聞いたのか？」

「ああ。青梅線レポートを知ってるかと聞かれた」

「やっぱりね。私は知らないと答えた。聞いたこともなかったからね。町役場の人間は、どうなんだ？　知っている人がいたのか？」

「いや、誰も知らなかった。私も知らなかった」

「刑事さんは、がっかりしたろう」

「何か思い出したら連絡してくれと、捜査本部の電話番号を教えて、帰っていった」

「それなら、もう来ないよ。それで、よかったじゃないか」

「それは、そうなんだが――」

急に、桜井が黙ってしまった。

「何か心配があるのか？」

「娘のことでね」

と、桜井がいう。

桜井の一人娘のことなら、よく知っていた。

「確か亜紀《あき》ちゃんは、東京だったな」

「一人で、マンション暮らしだよ。あの年になっても、結婚もせずに、カメラを振り廻《まわ》しているんだ」

「しかし、プロのカメラマンとして、少しずつものになっていってるんだろう？　雑誌に名前入りで、写真が載っているのを見たよ」

「ああ、少しは、プロらしくなってきたみたいだがね」

「亜紀ちゃんに、何か心配があるのか？」

と、原田はきいた。

青梅線レポートと、どういう関係があるのか、想像がつかない。

「今年の二月の青梅マラソンの時、やってきてね。スポーツ紙から依頼された仕事だといった」

「よかったじゃないか。もうプロだよ」

「あの時、うちに泊まって仕事をやってたんだが、その後も、一週間ばかり、帰らなかったんだ。帰らずに、青梅線の写真を撮ってたんだ。各駅に降りて、駅の写真や、その周辺の写真を撮っていた」

「それは、写真集になるのか？」

「いや、これは内緒で頼まれた仕事だといっていた。だから、この件は、誰にもいわないでくれともね。そして、ＯＭレポートか青梅線レポートを知ってるかと、いきなり聞いたんだ。私が知らないというと、このことも、誰にもいわないでくれと、まじめな顔でいうんだ」

と、桜井が、いった。

「本当に、ＯＭレポートとか青梅線レポートと、亜紀ちゃんはいったのか？」

「そうなんだ」

「じゃあ、そのために、青梅線の写真を撮っていたのかもしれないな」

と、原田は、いってから、

「そういえば、二月の下旬頃、亜紀ちゃんによく似た娘が、うちの駅を撮りまくっていたんだ。亜紀ちゃんなら、私に話しかけてくると思って、声をかけなかったんだが、あれはやっぱり亜紀ちゃんだったんだな。とにかく、夢中になって、駅や到着する電車を撮りまくっていたよ」

「それで、悩んでいるのは、娘の亜紀のことなんだ。亜紀がＯＭレポート、青梅線レポートのことを私に聞いたことを、今日来た刑事に話した方がいいかでね。亜紀は、絶対に内密にしておいてくれと、いっていたからね」

と、桜井は、いった。

「うーん」

と、原田は、唸《うな》った。

普通なら、警察には黙っていた方がいい、いろいろきかれると面倒だからといえるのだが、今回は中野で人が一人、殺されている。

「亜紀ちゃんは、危ない仕事をやってるのか？」

と、原田は、きいた。

「それが、分からないんだ。どうして、青梅線の写真を撮ってるんだと聞いても、笑っているだけで、何も教えてくれなかったからね」

「もう一度確認するが、亜紀ちゃんは君に、ＯＭレポート、青梅線レポートを知ってるかと、聞いたんだな？」

「ああ。二月に帰った時に、聞かれたんだ。私は、知らないと答えた」

「亜紀ちゃんは、このことは絶対、誰にもいわないでくれといった？」

「そうだ」

「それなら、亜紀ちゃんに電話して、もう一度、確かめた方がいいな。亜紀ちゃんが同じように、いわないでくれといったら、警察には黙っていたらいい。反対に、亜紀ちゃんが警察に連絡したいというかもしれないよ」

　原田がいうと、桜井は、ケータイを取り出した。

　東京の娘、亜紀にかける。だが、急に不安気な表情になった。

「電話が、つながらないよ」

「亜紀ちゃんが、出ないのか？」

「電話がつながらないんだ。音がしない」

「じゃあ、故障してるんだろう。それとも、電池切れか」

「心配だ」

と、桜井は立ち上がり、

「今から、東京に行ってくる」

と早口にいった。

「亜紀ちゃんは、四谷《よつや》のマンションだったな？」

「四谷三丁目のマンションだ」

と、原田はいい、二人で駅に戻った。

奥多摩発一四時〇二分の電車に、桜井はあわただしく乗って行った。

一四時〇二分の電車は、青梅で乗り換えれば一五時一六分に立川に着く筈である。そのあとは、新宿に出ても、東京に出てもいい。

「何か分かったら、すぐ電話してくれ」

と、原田は、桜井にいっておいた。

しかし、桜井から、なかなか電話はかかってこなかった。かかってきたのは、原田が一日の勤務を終えて、帰宅してからである。

「亜紀が、いないんだよ」

と、桜井が、いきなりいう。

「詳しく話してくれ」

「管理人に頼んで、開けて貰《もら》ったんだが、亜紀がいないんだよ」

「部屋の中は、どうなんだ？」

「ちゃんとしているよ。ただ、プロ用のカメラとケータイが、見つからない」

「じゃあ、仕事で留守にしているんだろう」

「どうして、ケータイがつながらないんだ？」

「私にいわれても困るが、単純に考えれば、故障しているか、電波の届かない所にいるかだろう。亜紀ちゃんは、仕事で海外に行くこともあるんだろう？」

「去年、仕事でインドネシアに行っている」

「それなら、急に海外の仕事が入ったんだと思うね。時間がなかったんで、君にも知らせられなかった。そんなことだと思うが」

「それでも、向こうに着いてから、電話出来る筈だろう」

「そういえば、そうだが――」

原田は、言葉に詰まってしまう。どんな言葉でも、親としての桜井の心配を払拭《ふっしょく》できそうもない。

「どうしても心配なら、警察に話したらどうだ」

「力を貸してくれるかな？」

「亜紀ちゃんが君に、青梅線レポートのことを聞いたといえば、力を貸してくれるよ。警視庁捜査一課も、そのことを調べてるようだから」

と、原田は、いった。

一瞬、また桜井は黙ってしまったが、

「大丈夫かな？」

「十津川という警部に話せばいい」

「そうじゃないんだ」

「何が？」

「今、亜紀は、ひょっとして、誘拐されたんじゃないかと考えたんだ。もし、誘拐されたのなら、警察に電話したら、亜紀は誘拐犯に殺されてしまう」

（やれやれ）

と、原田は思った。誘拐まで考えたら、際限がなくなってしまう。

「もし誘拐なら、親の君に、犯人が連絡してくる筈だ。それは、ないんだろう？」

「まだない」

「それなら、誘拐じゃないよ。悩んでいるんなら、警察に話した方がいいよ。どこに行ったか分からないのに、君一人では、捜しようがないだろう」

原田が、決めつけるようにいうと、桜井はやっと、

「分かった。警察に連絡する」

と、いった。


十津川は、中野署に置かれた捜査本部にいた。

桜井が捜査本部に電話して十津川警部に会いたいというと、中野署に来るようにいわれて、捜査本部にやってきた。

すでに、夜半に近い。

「今朝早く、奥多摩の町役場で、お会いしましたね」

と、十津川が、いった。

「その時、青梅線レポートという言葉は、聞いたことがないと、返事をしたんですが、よく考えてみるとですね――」

「聞いたことがあった？」

「娘から、聞いたことがあったんです。娘はプロのカメラマンで、東京に住んでるんですが、二月の青梅マラソンの取材に来たんです。その取材の後も、青梅線の写真を撮っていたんですが、突然、ＯＭレポート、青梅線レポートを知っているかと聞かれ

ましてね。知らないと答えると、なぜか、このことは内密にしておいてほしいといわれた。それを思い出しましてね」

緊張しているので、言葉が前後して、上手《うま》く説明出来ない。その分を十津川が補って、

「娘さんのことで、来られたんですね？」

「娘の亜紀を訪ねて行ったら、四谷三丁目のマンションに、いないのですよ。友人は、仕事だろうというのですが、電話連絡もないのです」

「プロのカメラマンですね？」

「そうです。ＮＮＮというプロダクションに入っています」

「確認しますが、今年の二月に、青梅線の写真を撮っていたんですね？」

「とにかく、夢中で撮りまくっていました。一駅ごとに電車から降りて、周辺の町の写真も撮っていたんです」

「その最中に、娘さんはあなたに、ＯＭレポート、青梅線レポートを知っているかと聞いたんですね？」

「あとになって、中野で長谷川という人が殺されて、その人も、奥多摩の駅長に同じことを聞いたと知りました」

「そうです」

「それで、なおさら娘のことが心配になりましてね。青梅線レポートって、いったい何なんですか？」

　桜井が逆に質問した。

「それが、分からないんですよ」

「しかし、警察は、聞き廻《まわ》ってるわけでしょう？　何も分からずに聞いているんですか？」

「今年の一月十日早朝、都内のN神社の本殿の前で、和服姿の女性が、毒をあおって死んでいたんですが、最初に社務所の人が見つけた時は、まだ息があって、その女性は『青梅線レポート』と呟《つぶや》いてから、息を引き取ったんです」

「そのニュースは、テレビでも新聞でも、発表されてませんね？」

「いまだに、身元が分からないからです。だからマスコミには伏せて、反応を待っているんです。その後、一月末日に、投書がありましてね」

　十津川は、その投書を桜井に見せた。

　差出人の名前はなく、宛名は警視庁だった。

「彼女は死を賭《と》して警告したのです。一刻も早く青梅線レポートを発見して、それを阻止して下さい」

と、パソコンで、打たれていた。

「明らかに、自殺した女性を知っている人間が書いたものだと思います」

「いたずらだということは、考えられませんか？」

と、桜井が、きくと、

「単なるいたずらのために、自殺しますか？」

十津川は、ニコリともせずにいった。

「この手紙をそのまま信じれば、誰かが恐ろしいことを計画している。それが、青梅線レポートだというように思えますね？」

「そうです」

「殺された長谷川という人も、青梅線レポートを探していたというわけですか？」

「あなたの娘さんもかもしれません」

「名前だけを知っていて、中身が全く分からないんですか？」

「分かりません。だから、なおさら一刻も早く見つけたいのです」

と、十津川は、腕時計に目をやって、

「あなたさえよければ、これから、娘さんのマンションに案内して頂けませんか」

と、いった。

桜井が応じて、彼が案内し、十津川と亀井の二人と、パトカーで四谷三丁目に向かった。

地下鉄の駅から、歩いて十分くらいのところにある八階建てのマンションである。

その最上階の八〇一号室で、広くはない１ＬＤＫだが、洒落《しゃれ》た機能的な部屋である。

壁には、部屋の主、桜井亜紀が撮った写真が、パネルにして何枚か飾ってあった。

熊野《くまの》の写真とインドネシアの写真で、青梅線の写真はない。

「カメラとケータイが、見つからないと、いわれてましたね？」

部屋の中を見廻しながら、十津川が桜井にきく。

「最近、プロ用のカメラを二台買って、撮影にはいつも、その二台を持って出かけていました。ああ、それから、十インチのノートパソコンも、見当たりません」

「それも、仕事の時は、持ち歩いていたんですか？」

「持っていくこともあれば、そうでないこともあったみたいです。ですから、仕事で出かけたのかもしれないんですが」

「桜井さんの知る限り、二月の仕事が、最後の仕事ですか？　青梅マラソンと、青梅線を撮りまくっていたんでしたね」

「そうです」

「亜紀さんは、奥多摩で生まれたんですか？」

「そうです。中学まで奥多摩町で、高校は立川です。そのあと、写真が好きで、東京の専門学校を出ています」

「立川も、青梅線でしたね？」

「奥多摩―立川間が正式な青梅線ですが、今では奥多摩―東京間として考えていますす」

「いずれにしろ、亜紀さんは、青梅線のことも沿線についても、よく知っていたわけですね」

「それで、二月に青梅線の仕事を引き受けたんだと思ったんですが」

と、桜井は、いった。亜紀が仕事の内容まで話してくれたわけではないので、これは想像である。

「亜紀さんは確か、青山にあるＮＮというプロダクションに入っているんでしたね？」

「そうです」

「今回のことで、ＮＮＮに電話されましたか？」

「いや。まだしていません。娘が仕事場に電話するのを嫌がるので」

「警察の人間なら、構わないでしょう」

十津川は勝手にいい、電話番号をきいて、ＮＮＮに電話した。ＮＮＮの窓口につながった。

十津川が、桜井亜紀の名前と、二月の青梅マラソンのことをいうと、

「あの仕事は、ＮＮＮとして受けて、桜井さんは向こうの生まれ育ちなので、頼みました」

と、いう。

「彼女はそのあと、青梅線沿線の写真を撮っているんですが」

「ああ、それは、うちを通して依頼のあった仕事じゃありませんね。桜井さんが、個人的に受けた仕事です」

「そういうケースもあるんですか？」

「今のところ、半々ですね。もともとＮＮＮは会社というよりも、親睦《しんぼく》団体ですから」

「しかし、連絡はするわけでしょう？」

「いや、連絡してくる人もいるし、してこない人もいます。強制力のある団体じゃありませんから」

と、女の声が、いう。

「今、桜井亜紀さんがどんな仕事をしているか、分かりますか？」

「ちょっと、分かりません。実は、独身の女性が見た春の京都という仕事が来ていましてね。桜井さんが適任だと思っているんですが、連絡がとれなくて困っているんです」

「そうすると、今、桜井亜紀さんが動いているのは、NNNを通した仕事じゃありませんね？」

「そうなります」

十津川は、電話を切った。

待ちかねていた桜井が、

「どうでした？」

と、きく。

「青梅線の写真は、NNNとは関係なく、個人的な仕事ですね。それから、今、仕事で動いているとしたら、それも同じです。しかし、五十パーセントは、個人的に受けた仕事だそうですよ」

「これから、どうしますか」

と、亀井が、きく。

「とにかく、部屋の中を探してみよう。何か分かるかもしれない」

三人で、部屋の中を見て廻る仕事が始まった。机の引出し、衣裳《いしょう》ダンスの中、押入れ、小さな本棚。しかし、今何処《どこ》で何をしているか分かるようなものは、一向に見つからない。いや、見つかっているのかもしれないが、青梅線レポート自体が分からないので、見過ごしているのかもしれないのだ。

「少し疲れました」

「そうですね。一休みしてから、もう一度やりましょう」

亀井が、桜井をいたわるようにいう。

桜井は、四畳の寝室に置かれたベッドに寝転んだ。が、身体を動かしているうちに、その部屋の床のじゅうたんが、視界に入った。その隅に、人形のようなものが転がっていた。

部屋の中を調べたが、床に落ちている人形には気がつかなかったのだ。丸テーブルに乗っていたのが、何かの拍子に落ちたに違いない。

あわててベッドから降り、手を伸ばして、人形を拾いあげた。

ロボットの形をした人形だった。

桜井は、それを持って、居間に入っていった。

そこでは、ソファと椅子にそれぞれ、十津川と亀井が腰を下ろしていた。

桜井は、人形をテーブルの上に置いて、

「寝室で、これが見つかりました。テーブルから落ちて部屋の隅に転がっていたんで、気がつかなかったんですよ」

「今はやりのロボットでしょう」

と、十津川は手を伸ばして、取りあげた。

胸についているボタンを押すと、

「おはようございます」

と、合成音で、あいさつする。

目が青く光る。

「何かご用でしょうか？　私に出来ることはどんなことでも――」

十津川は苦笑して、スイッチを切ると、

「娘さんのロボットですか？」

と、桜井に、きいた。

「亜紀は、女の子なのに、人形を集めるようなことはしませんでしたね。ただ、一人で東京にいて寂しかったので、応答するロボットを買ったのかもしれません」

「高いものですか？」

十津川がきくと、亀井刑事が、

「私の息子が欲しがって、去年の誕生日に買ってやりましたが、三万円くらいだったと思います」

「そのくらいで買えますか？」

「ホンダが作ったアシモなんかは、何百万円、何千万円もすると思いますが、その代わり、いろいろなことが出来ます。それに比べて小さいし、出来ることが少ないので、安いんです」

亀井がいう通り、手に取ると小さい。三十センチ足らずだろう。ロボットとおもちゃの中間といえるかもしれない。

十津川は、テーブルの上に立たせたロボットを見つめた。

ロボット自体に、関心があるわけではなかった。ロボットが、青梅線レポートと関係があるかどうか、知りたいのである。

「このロボットをお借りしていっても、構いませんか？」

と、十津川は、桜井にきいた。

「それは、私のものではなくて、娘のものですが」

「娘さんが戻ってきて、このロボットのことを聞いたら、正直に話して下さって構いません。すぐお返しにあがります」

「これで、何か分かるんですか？」

「それを知りたいんです」

と、十津川は、いった。

もう一度、部屋の中を隅々まで調べた。が、これはという収穫はなかった。

十津川と亀井は桜井と別れ、捜査本部にロボットを持ち帰った。

若い日下《くさか》刑事が、やはりロボットに詳しくて、製造している会社の名前も知っていた。

「これからも、どんどんロボットの性能が良くなるでしょうね」

と、日下が、いう。

「君も、欲しいか？」

「そうですね。もっと性能が良ければ、すぐにでも買いたいと思います」

と、日下は、いった。

翌日、十津川は、ロボットを科捜研に持ち込んだ。

「このロボットに、どれだけのことが出来るのか調べて下さい。それから、青梅線レポートという言葉をいうかどうかも、調べて下さい」

と、十津川がいうと、若い技官は笑って、

「私も同じロボットを持っていて、性能について調べました。日常使う言葉は喋《しゃべ》りますが、青梅線レポートといった特別の言葉は、いいませんよ」

と、いった。

その日の夕方になって、同じ技官から連絡があった。

「すぐ来て下さい」

（それなら、ひょっとして？）

と思い、亀井刑事を連れて、科捜研に飛んで行った。

「ロボットが、青梅線レポートといったんじゃありませんか？」

「それは、なかったです」

といわれて、がっくりしてしまった。が、若い技官は、

「とにかく、聞いて下さい」

といい、ロボットをテーブルの上に立たせて、スイッチを入れた。

「おはようございます。何かご用でしょうか？　私に出来ることはどんなことでも――」

ロボットが、喋る。

「ここまでは、もう聞いています」

十津川がいうと、

「もう少し聞いて下さい」

と、技官はいい、ロボットに向き直る。

「どんなことでも質問していいんですか？」

「いいですよ」

「私は、これからの世界が、どう変わっていくか知りたいんです」

「AI（人工知能）の時代が来ることは、もう決まっています。いや、すでに始まっています。それに合致すれば勝ち組で、乗りおくれれば敗者で、生きていけなくなります。私自身も、AIの時代のロボットとして勝者になりたいので、さまざまな改造をすませました。どんなことが可能になったか、まず、それを見て下さい」

言葉が終わると、ロボットが突然、動き出した。

テーブルの上を走り廻る。飛び上がる。技官がノートパソコンを与えて、マイクに向かって、足し算、掛け算の数字を読んでいくと、ロボットの手が、猛烈な勢いでキーを叩《たた》いていく。

そのうちに、両手をあげ、

「少し疲れた。休ませて下さい」

といって、座り込んでしまった。

「どうなってるんです？　うちの息子も、同じロボットを持っていますが、こんなマネはとても出来ませんよ」

と、亀井が、いう。

「市販されているロボットが内蔵しているコンピューターを、最新式のコンピューターに取り換えてあるんですよ。もちろん、コンピューターだけ取り換えても、その通りに動けませんから、ロボットのボディも、改造されているんです」

「このロボットを売っている会社が、特別製を作ったということですか？」

「フレンドという関西の会社らしいので、すぐそこに電話して、聞いてみましたよ。そうしたら、そんな改造はしていないし、うちの持っている技術では、とてもそこまで出来ないと、いっていました」

「じゃあ、何処の誰が改造したんですか？」

「分かりません。AIで最先端をいくM精工にも聞いてみたんですが、うちにもそこまでの技術はないということです」

「じゃあ、改造したのが何処の誰か、分からずですか？」

「分かりません」

と技官がいい、ロボットを手に抱えたが、突然、顔色を変えた。

「音がする！」

と、叫んだ。

「何の音です？」

「時計の音ですよ。時限爆弾かもしれない」

「こんな小さなロボットに、仕掛けてあるんですか？」

「爆弾はいくらでも、小さく出来ます」

技官は窓を開けると、庭に向かってロボットを投げた。

途端に、閃光《せんこう》と爆発音が同時に起きた。空中で爆発したのだ。

あわてて十津川たちは床に伏せたが、粉々に割れた窓ガラスの破片が降ってきた。

幸い、その破片が身体に突き刺さることもなくて、二人の刑事は、捜査本部に戻ることが出来た。

十津川は三《み》上《かみ》本部長に、捜査会議を開いて貰った。科捜研に行く時、十津川は念のためにビデオカメラを持って行き、ロボットの動きや話す言葉を映しておいたのである。

それを、本部長や他の刑事たちに、見せたかったのである。

もう一つ、十津川は、外部から一人のプロを呼んでいた。現代は、ＡＩ（人工知能）を使う第四次産業革命の時代といわれている。その第一線にいると思われる自動車会社の顧問をやっている三《み》村《むら》という男だった。この会社では、人型ロボットの研究もやっていた。

短い映像を見終わったあと、十津川は、まず三村に感想をきいた。

三村は、一瞬「うーん」と唸ったあと、

「驚きました。もとは安いおもちゃみたいなものでしょう。それをここまで改造出来るのは、生半可な技術じゃありませんよ。うちの会社でも、十年前から人型ロボットを開発していますが、とてもこんな高度な能力を持つロボットは作れません」

「元になるロボットを作った会社はどうでしょう？　その会社が改良を重ねて、すごいロボットを作りあげたということはありませんか？」

十津川がきくと、三村は笑った。

「あの会社のことは、よく知っていますが、元のロボットで精一杯ですよ。簡単なことしか出来ないが、その代わり三万円少しと安い。それが、あの会社のモットーですから」

「他にも何社か、人型ロボットを作っていますよね？」

「私が知っているだけでも、五社はあります。いずれも、ロボットと同時にＡＩの研究もしている会社です」

「その中の一つが、安物のロボットを改造して、あれだけ高度なロボットを作りあげたということは、考えられませんか？」

「今、同じことを考えていたんですが、まず無理ですね。今見たロボットは、十ケタぐらい今の日本のＡＩ技術から抜け出しています」

「しかし、現実に存在したんですよ」

と、十津川は、いった。

「そうなんですよ。それで、どう考えたらいいか分からなくなってしまっているんです」

「どう考えたらいいんですか？」

「私の知ってる日本のいくつかの会社が、作ったとは思えない。そうなると、一人の天才がおもちゃを買ってきて、そのおもちゃに自分の才能と技術を注ぎ込んだ末に、途方もないロボットが生まれたと考えるより仕方がありません」

「そんな天才が、今の日本にいるんですか？」

「いる。いや、いました」

　と、三村がいう。

「いや、いましたというのは、どういうことですか？」

「今年の元日に、亡くなっています。私も、葬儀に参列しています」

「病死ですか？」

「いや。自殺といわれましたが、事実かどうかは分かりません」

「名前を教えて下さい」

「城戸《きど》一馬《かずま》です」

「知りませんね」

　と、十津川は、正直にいった。

「自分の名前を出すことを、極端に嫌う人でしたからね。それに、ある発明をしても、発明されたものの名前は残りますが、発明者の名前は忘れられてしまいますから」

　と、三村は、いった。

三村が帰ったあと、刑事たちは問題のロボットのこと、そして、三村がいった「城戸一馬」という人物のことを議論した。

城戸一馬という人物は、三上本部長を始め、捜査会議に参加した刑事は、誰一人知らなかった。

　そこでまず、今年の一月三日の新聞を調べてみることから始めた。

　社会面に小さく載っていた。

「元日の午後十一時半頃、明治神宮の参道で中年の男性が倒れているのが発見され、直ちに近くのS病院に運ばれたが、心臓発作で死亡したと確認された。その後、この男性は、城戸一馬さん（五〇）と判明した。城戸さんはAI（人工知能）の世界では隠れた技術者、実力者として知られていた」

　これが、新聞に載った死亡記事である。

　翌一月四日から一週間分の新聞も、十津川は調べてみたが、城戸一馬の記事は、一回も載っていなかった。

　その一方、奥多摩町の助役、桜井からは、依然として、娘の亜紀とは連絡がとれず、そこで地元の警察に捜索願を出したという電話があった。

　その時、十津川は桜井に、「城戸一馬」という名前を聞いたことはないかときいてみたが、桜井自身も知らないし、娘の亜紀から聞いたこともないといった。

　十津川は、城戸一馬が運ばれた病院に行き、詳しい話をきいた。応対してくれたのは、元日、当直をやっていた田中《たなか》という若い医師だった。

「元日早々なので、何とかして助かってほしかったのですが、残念でした。時々、心臓発作を起こしていたそうですがね」

「その後、城戸一馬という名前が、分かったそうですね？」

「いや、運ばれた時、分かりましたよ。一緒についてきたお友だちが、すぐ教えてくれましたから」

「ちょっと待って下さい」

　と、十津川は、あわてていった。

「新聞には、死亡が確認されたあとで、城戸一馬という名前が分かったと書いてありましたよ」

「それは間違いです。お友だちが、一緒に明治神宮の参道を歩いていたら、突然、城戸さんが倒れた。びっくりして、一一九番して救急車を呼び、うちに運んだといっていましたよ」

田中医師がいう。別に嘘をついている感じはない。

「その時、城戸一馬さんの住所も、その友だちが教えてくれたわけですね？」

「調布《ちょうふ》市内のマンションと聞きました。そのお友だちから、葬式をすませたという連絡を頂きました。それで終わりです」

と、田中医師が、いった。

依然として、桜井亜紀は発見されずにいる。

第二章　移住者

1

青梅線は、東京の郊外電車として一見、理想的に見える。青梅までは東京駅から直通の電車が何本も走っているし、新宿からは特快も出ている。

終点の奥多摩には、リゾート基地として土曜日、日曜日ともなると、ハイキングを楽しむ若者や家族連れが都心からやって来る。

青梅までは都心への通勤圏だし、ベッドタウンとしての機能も果たしている。

しかし、奥多摩町には、そうした東京のベッドタウンとしての機能は、備わっているとはいえなかった。都心まで遠すぎるし、贅沢《ぜいたく》ではあるが、自然が多すぎるのである。ハイキングには適しているかもしれないが、下手をすると、過疎の町になりかねない。

そこで、奥多摩町は、それを防ごうとして、新たに引っ越してきた人たちに対する優遇措置をとっていた。

まず、住宅の提供である。空き家を改装して移住者には家賃を安くして引っ越して貰《もら》う。両親に子供二人ぐらいの家族に対しては、改装住宅を月五万円ぐらいで貸す。そこに十五年住んでくれたら、その後の家賃は無料にする。

また最近、各地で保育所の不足による問題が起きているが、奥多摩町には空きのある保育所がまだあって、子供の保育に困ることはない。裏を返せば、小さな子供が少ないということでもある。

今日も、三十代の若夫婦に子供が二人という、奥多摩町にとっては理想的な家族がやって来た。今まで、会社のある名古屋《なごや》に住んでいたが、今度、会社の一部が東京に移転し、若夫婦も東京に住むことになったのだ。

しかし、都心は家賃が高いし、保育所も見つからない。そこで、パンフレットを見て、奥多摩町を見にやって来たというわけである。

案内の職員がたまたま休みを取っていたので、助役の桜井が現場を案内することになった。

現場は、駅から歩いて十五、六分のところにある高台である。そこに十二軒の家が建っているのだが、現在、そのうちの二軒が空き家になっている。その二軒を改装して、移住者を募っていたのである。

桜井は、現地まで自分のワンボックスカーを運転して、若夫婦と二人の子供を案内した。

木造の二階建てで、部屋数は四つ。それに車庫がついている。敷地が広いので、庭で子供を楽に遊ばせることが出来る。

パンフレットには、そのほかの特典が書かれていたが、桜井は改めて、どんな特典があるのかを説明した。

説明をしているうちに、若夫婦の顔に笑みが浮かんできた。

五十嵐《いがらし》大介《だいすけ》、美由紀《みゆき》、三十歳の夫婦で、子供は長女が七歳、長男が三歳。その長男のほうを保育所に預けたいと、夫婦がいった。近くに多摩川の清流が流れているので、渓流釣りも出来る。

五十嵐夫妻が、

「ここに住んでみたくなりました」

といったので、桜井は車で町の中を案内することにした。

まず、若夫婦がいちばん気にしている保育所に案内して安心させてから、小学校にも案内した。

その途中で、町が整地して工業団地にしようとした場所を通った。そのうちの二万坪は、群馬の会社が買ってくれたのだが、そのほかの土地は売れなかったので、そこを新たに住宅地にして、八軒の家を建築することになっていた。

二万坪の工場用地のほうは、その周辺を板で囲ってあるが、買い取った会社は、肝心の工場をまだ建ててはいない。桜井が聞いた話では、資金が不足し、銀行が融資してくれないので、工場の建設が遅れているという説明だった。

ただ、その二万坪の用地の端に小さな三階建てのビルが建っていた。この二万坪の工場用地を買い取った会社の事務所である。

先日、その会社の社長に会ったところ、あくまでも資金の都合がつき次第、工場を建てると、桜井に約束していた。

だが、今のところ、具体的な話にはなっていない。

五十嵐夫妻が、二万坪の空き地を見て、もったいないというので、桜井は笑いながら、すでに買い取られていて、資金難で工場が建っていないのだということを説明した。

五十嵐夫妻が、早々に引っ越してきたいというので、その手続きをするために、桜井が二人を案内して町役場に戻ると、町長が、

「例の会社だけどね、ちょっと行って、その後どうなっているのか聞いてきてくれないか」

　と、桜井に、いった。

　町長にしてみても、二万坪の土地である。そこに予定していた工場が建たず、空き地になっているのは、町としても困ると考えていた。なるべく早く工場を建ててほしいのである。そうなれば、雇用も生まれる。

　町長はちょっと様子を見てきてくれといったが、本音は、一刻も早く工場を建ててくれと、催促してくれということに違いなかった。

　そこで、桜井は車でもう一度、問題の工場用地と、その端に建っている三階建ての小さなビルを訪ねていった。ビルの入口には「日本パーマネント株式会社」と書かれた、大きな看板が下がっている。説明では精密機械の会社で、こうした水と空気のきれいな場所が適しているので、購入したのだという。社長の木之内《きのうち》永世《えいせい》は七十歳だが、元気な老人だった。

「銀行が、どうにもならんのですよ。うちなんかは、今までの実績もあって、ここに精密機械の工場を建てれば必ず成功すると自信を持って銀行と話し合っているんですけどね。どうにも勇気がない、日本の銀行は。困ったものです」

と、木之内社長が、いった。声も大きい。

「二万坪の土地を担保にしたら、銀行も貸してくれるのではありませんか？」

「たしかに、バブルのころのように土地が高騰してくれれば、簡単に出来るんですけどね。現在、日本の土地というのは、ほとんど値段が上がらないんですよ。むしろ下がっています。ですから、バブルの時のように土地さえ持っていれば、銀行がどんどん融資してくれるという時代じゃないので、困っているんですよ。これからは会社の将来性とか、実績を考えて融資してくれればいいんですがねえ。残念ながら、そうした未来志向が日本の銀行にはない」

と、社長の木之内は、また銀行の悪口をいった。

「前にはたしか、群馬県に工場があったと聞きましたが」

「そうですよ。前橋《まえばし》から車で一時間ほどのところです。いってみれば山奥ですよ。うちのような精密機械の工場は、きれいな空気と水が必要ですから」

と、木之内が、いう。

「その前橋の工場は、今でも稼働しているんですか？」

「将来的には、全部をこちらに移転しようと思っているので、半分に縮小して今でも動いています。こちらに工場を建てたら、全員でこちらに移ってこようと思っているのですが、何といっても銀行の融資がうまくいかなくて」

と、木之内は繰り返して、溜《た》め息をついてから、

「そうだ、前橋の工場で最近作ったおもちゃを差し上げましょう。工場を小さくしたので大型の精密機械は作れなくなって、仕方なく、こんなおもちゃを作っています」

木之内社長は、三十センチほどの箱を、桜井の前に置いた。

箱から取り出すと、それは小さなロボットだった。

桜井は一瞬、顔をしかめた。失踪《しっそう》した娘の亜紀のマンションで発見した、小さな人型ロボットのことを思い出したからである。

「これ、おもちゃというよりもロボットですよね」

桜井がいうと、木之内は笑って、

「いや、ロボットなどといういいものじゃありませんよ。おもちゃです。大した動きはしませんから」

「しかし、こちらの質問に答えたり、指示通りに動いたりするんじゃありませんか？」

「性能のいいコンピューターを入れれば、助役さんがいったような、いろいろな動きが出来るし、ちゃんとした会話も出来るんですが、値段が高くなってしまいます。そ

うなると売れないんですよ。だから、性能の低いコンピューターを使っているので、そんなにいろいろな動作は出来ません」

「日本の人型ロボットというのは、世界の中でも、相当いいところまでいっているんじゃありませんか？」

桜井が、お世辞をいった。

「たしかに、日本の人型ロボットは、いい線をいっています。世界でも認められていました。しかし、ここに来て、逆に世界に後れを取っていますよ」

「どうしてですか？」

「政府が、いろいろな規制を設けているからです。人型ロボットをどんどん使えるようにすればいいんですよ。ところが、子供よりも大きいと倒れた時に危ないというので、高さの制限を設けたり、人間にぶつかると危ないというので、重さの制限までしていますからね。だから、日本の人型ロボットがいくら優秀でも、活躍出来ないのです。規制をもっと緩めてくれれば、おもちゃではなくて、いいロボットが作れるんですがね」

木之内は、舌打ちをして見せた。

「このロボットは、どんなことが出来るのですか？」

「今もいったように、これはロボットといえるような代物じゃありません。おもちゃです。机の上にでも、飾っておいてください。簡単な会話ぐらいは楽しめるように作ってありますから」

と、木之内が、いった。

桜井は、どうしても娘のこと、娘のマンションから見つかったロボットのことを思い出してしまって、木之内に向かって、あのロボットのことを話した。

「ある偶然から優秀なロボットを見つけたんですよ。そのロボットは小さくて、これと同じくらいの大きさなんですが、いろいろなことが出来たんです。ところが、最後に自爆してしまったのです。あれは、いったい、どういうロボットだったんですかね？ 自爆装置なんかは、簡単に組み込めるものなんですか？」

「そのロボットのことなら新聞で読みましたよ。あのニュースが本当なら、かなり優秀なロボットですね。たぶん、性能のいいコンピューターが組み込んであるんですよ。自爆装置そのものを組み込むことは、それほど難しいことではありません。しかし、なぜ自爆するようにしておいたのか、理由が分かりませんね。せっかく作ったのに、もったいないですよ」

「木之内さんから見ても、優秀なロボットですか？」

「ええ、あれだけのことが出来れば、何の文句もありません。ただ、本体そのものは、たしか関西で作られているおもちゃじゃないかと思いますね。それをロボットに改造したんですよ。ですから、私なんかから見れば、改造した人間は、かなりの才能の持ち主じゃないかと思いますね。コンピューターを新しくするだけじゃ、それにふさわしい動きが出来るかどうか分かりません。それを出来るようにしたのですから、その才能は素晴らしい。うらやましいと思いますよ。出来れば、そういう人がうちに来てくれればいいんですけどね」

といって、木之内が笑った。

「これは町長からの伝言ですが」

桜井がいいかけると、木之内は、その言葉を遮って、

「分かっています」

と、いった。

「町長さんは、一刻も早く工場の建設に取りかかってほしいと、おっしゃっているんでしょう？　すべて銀行次第なんですが、何とか話をつけて、工場の土台だけでも造りたいと思っています。その旨、町長にお伝えください」

桜井には、最後にどうしても、木之内にききたいことがあった。

「青梅線レポートという言葉を、お聞きになったことがありますか？」

と、桜井がきくと、

「それって、雑誌に載っている青梅線の将来についてのレポートみたいなものですか？」

「いや、何を意味しているのかは全く分からないんですが、最近になって二回もその言葉を聞いたものですから、ひょっとしたら、木之内さんが、ご存じなのではないかと思いましてね」

「いや、全く知りません。何か聞いたら、すぐにお伝えしますよ」

と、木之内は、約束した。

2

五十嵐一家が、一ヶ月後に、東京から奥多摩町に引っ越してくることが決まった。

その間に、町長が桜井に、

「いいニュースがあるよ」

と、いった。

「町長がおっしゃっているのは、五十嵐さんの家族の件ですか？」

「たしかに、それもいいニュースだが、私が聞いたのは、日本パーマネント株式会社の話だよ。明日から、あの土地に工場の外壁を組み上げるという話を聞いたんだ。銀行からの資金調達が出来たんじゃないかね」

と、町長が、いった。

「分かりました。明日になったら確認してきます」

翌日、桜井は、例の二万坪の空き地を見に行った。町にとっても、ここにいつ新しい工場が建つのか、大きな問題だったからである。

小雨だったので車で行ったのだが、現地に着いてみると、数台のトラックが並んでいて、荷台から鉄骨を下ろしていた。二万坪の空き地は、現在、簡単な木の板で囲まれているのだが、その内側に鉄骨を組んで工場の外壁を造り上げようとしているのである。

何人もの建築関係者がやって来ていて、鉄骨を組み上げ、リベットを打つ音が、小雨の降る中でも響いていた。

雨合羽を着た木之内社長が先頭に立って、あれこれ指示を与えている。

桜井は車から降りて、木之内社長に声をかけた。

「いよいよ出来上がりますね」

というと、木之内はニコリともしないで、

「外壁だけですよ。とにかく銀行がしみったれで、少しの融資しかしてくれないので、現在の時点で、予定が立つのは工場の外壁だけです。鉄骨を組み立てたら、また次の融資を頼みに行かなくてはなりません」

と、いった。

「しかし、こういう工事を見ていると、期待が膨らんできますよね。奥多摩町で久しぶりに建設される工場らしい工場ですから」

と、桜井が、いった。

「ところで、桜井さんの娘さんが失踪したという話を聞きましたが、見つかりましたか？」

と、木之内のほうからきいてきた。

「それが、まだ連絡が取れません。若さに任せて、海外に写真を撮りに行ったのかもしれません。それならそれでいいと思っているんですが」

「いや、若い人は、海外にどんどん出かけたほうがいいですよ。日本にいると、どうしても考えが小さくなってしまいます。私も五月の連休が終わったら、アメリカに行ってみようと思っているんです。何といっても、ＩＴ産業はアメリカが先頭を切っていますからね」

と、木之内が、いった。

桜井は、小雨の中で、しばらく工事の様子を見てから町役場に戻り、町長に報告をした。

「都心からトラックが何台も来ていました。鉄骨を運んできて、工場の外壁を組み立てるそうです」

「それじゃあ、近くに住んでいる人たちは、騒音でうるさいんじゃないのか？」

と、町長が、きいた。

「私もそう思ったので、近所に住んでいる人たちに聞いてみました」

「そうしたら？」

「意外に喜んでいましたよ」

「喜んでいた？　どうして？」

「たしかに、うるさいことはうるさいが、あの二万坪の空き地に工場が建つのならば、にぎやかになって嬉《うれ》しいというのです。空き地のままだと気味が悪いともいっていました」

「それで、工場はいつ頃建つのかね？　今のところ、外壁だけを組み立てるというようなことをいっていたが」

「木之内社長に会って聞きましたが、銀行が多額の融資をしてくれないので、工場の外壁だけしか出来上がらない。その後でまた銀行に行って交渉するつもりのようです」

「なるほど。そういうことか。ああ、それから、君が先日、木之内社長にもらったという、この小さなロボットだがね。これは、なかなか楽しいよ」

町長が、笑顔でいった。

あの日、木之内社長がくれた小さなロボットは現在、町長の机の上に置いてある。

木之内は、こんなものはロボットではなく、単なるおもちゃですよと、いった。たしかに動作そのものは単純だし、会話といっても、こちらの呼びかけに対して十五、六種類の答えしか組み込まれていない。それでも楽しいものだった。

「実は、うちの孫が、このロボットを欲しがってね。もう一台くらい、あの会社からもらえないかね？」

と、町長が、いった。

「分かりました。明日もう一度、あの会社に行って木之内社長に会ってきますよ。たしか群馬の前橋郊外にある工場で作っているそうですから」

と、桜井が、いった。

翌日も、桜井は、日本パーマネント株式会社の事務所ビルを訪ねていった。工事現場に行ってみると、今日も小雨が降っていて、木之内社長は、ビルの社長室にいると聞いたからである。

鉄骨の組み立てのほうは、依然として続いていた。

桜井が社長室に入っていくと、木之内は、

「うるさいでしょう」

といって、窓を閉めてから、若い女性社員にコーヒーを運ばせた。

「私は一日に五杯、コーヒーを飲むんですよ。コーヒーを飲むと、なぜか頭が冴《さ》えてくるような気がするんでね」

桜井は、礼をいってコーヒーを口に運んでから、

「先日いただいた例のロボットですが、あれを町長に見せたら、大変気に入りましてね。何でも、お孫さんに上げたいので、出来ればもう一台、何とかもらえないかと、頼まれましてね。勝手なお願いですが、余分なものがあったら、もう一台いただきたいのですが」

と、いうと、

「そういうことなら、前橋の工場に電話をして聞いてみましょう。結果は明日、そちらに連絡しますよ」

木之内が、いってくれた。

その約束通り、翌日、木之内社長が電話をしてきて、ロボットがもう一台手に入ったということなので、さっそく桜井が受け取りに行った。

なるほど、先日桜井がもらったロボットと同じように箱に入ってテーブルの上に置かれてあった。

桜井は、町長に託された栗まんじゅうを、木之内に渡して、

「これは町長からのお礼だそうです」

と、いってから、

「ここに工場が建てば、奥多摩町も少しは都会らしくなってくるのにと、町長はいっていました」

と、伝えた。

今日も相変わらず、鉄骨を組み立てる音がしている。その音を、木之内社長は気にして、

「近くに住んでいる人が、うるさいといって怒っているんじゃありませんかね？」

「私もそれが心配で、一軒ずつ廻《まわ》って聞いてみたんですが、どの家も気にしていませんでしたよ。それよりも、ここに早く工場が建てば嬉しい。そんなふうにいっていました。それに、工場が出来たら、奥多摩町の人たちも採用するんでしょう？」

「そうですね。二割程度は、この町の人を採用しようと考えています」

と、木之内社長は、いってくれた。

桜井にとっても、この木之内の約束は朗報だった。

桜井は役場に戻り、町長にその旨を伝え、もらってきたロボットを渡した。

その日の夜になって町長から突然、桜井に電話が入った。

「君がもらってきてくれた、例のロボットのことなんだがね」

と、町長が、いう。

「どうしましたか？　故障でもしたのなら、もう一度、あの会社に持っていって、直して貰いますが」

「いや、故障ではない。ちゃんと動くんだが、少し気になることがあってね」

「どんなところが気になるんですか？　あの社長にいわせると、あんなものはロボットではなくて、単なるおもちゃだから、いろいろと動かしても不満があるかもしれませんよと、断っていましたが」

「いや、ちょっと動きが違うんだよ」

町長が、いう。

「どんなふうに違うんですか？」

「うまく説明出来ないのだが、前に君がもらってきたロボットが私の机の上に置いてあるね？　会話があのロボットとちょっと違うんだ。もちろん違っていても構わないんだが、少し気になってね」

と、町長が、いった。

「では、明日、そちらのロボットを役場に持ってきてくれませんか？　私も、どう違うのか見てみたいと思いますから」

と、桜井が、いった。

どうしても、娘のことがあるので、ロボットが気になって仕方がないのは、町長よりも桜井のほうだったからである。

翌日、桜井が役場に出勤すると、町長は先に来ていて、二台のロボットを机の上に並べていた。

ほかの職員も興味を持って、町長の机の周りに集まってきていた。

まず、最初にもらってきたロボットのほうである。こんにちはと声をかけると、それに対する答え方は三通りしかない。

次にもらってきたロボットのほうは、答え方が十通りになっていた。

こちらからの問いかけに対しては、少し考えさせてほしいといって、多少の時間を置いてから答えるしぐさを見せていた。あの社長のいい方を借りれば、ロボットに内蔵しているコンピューターの性能が少しよくなったということになる。

「私としては、複雑な動きをするようになったのだから歓迎なんだが、それでも何となく気になってね」

と、町長が、いった。

「それでは、文句をいいますか、木之内社長に」

桜井が、きくと、

「いや、それは必要ない。何しろ、二台のロボットともタダでもらったんだからね。ただ、気になったので、君に知らせたんだ。それだけのことだよ。木之内社長に文句をいっても仕方がない」

といって、町長が笑った。

その日、桜井は、最初にもらってきたロボットのほうを、町長に断って自宅に持ち帰った。桜井も、やはり気になったのである。桜井の頭からは、どうしても自爆したロボットのことが離れないのだ。

たしかに、桜井がもらってきた二台のロボットの差は、それほど大きなものではない。

しかし、間違いなく、入っているコンピューターの機能は、二つ目のロボットのほうが高いのである。このロボットは、二台とも群馬県前橋市の郊外にある自分の会社の工場で作ったものだろう。少なくとも、木之内社長は、そういっていた。

「よかったじゃありませんか」

と、妻がいう。

「それはいいんだ。木之内社長自身は、ただのおもちゃだといっているが、一応ロボットとしての機能を持っている」

そういって、桜井がこんにちはと声をかけると、

「こんにちは」

と、答えたり、

「何か御用ですか?」

と、答える。

「なかなか面白いじゃありませんか」

と、妻が、いった。

「このロボットを最初に木之内社長からもらったんだが、町長が、孫のためにもう一台ほしいというので、木之内社長にお願いしてもらってきた。ところが、性能が違うんだ。たった一日しか違わないのにだよ。それなのに、性能が違っている。木之内社長流にいえば、中に入っているコンピューターが違うんだ。しかし、このロボットをくれた時には何もいわなかった」

と、桜井が、いった。

「それが、どうしておかしいんですか？　木之内社長さんの工場で作っているというのならば、少しでもいいものを作りたいと思うのが人情というものじゃありませんか？　前のロボットよりも性能が低いものでしたらおかしいですけど、高いものをくれたのなら、その会社が一生懸命努力して性能をよくしているんだから、いいじゃありませんか？」

と、妻が、いった。

「町長なんかは、性能がよくなっているんだから嬉しいといっているんだが、私はどうしても気になってしまうんだ。ロボットをくれる時、これはロボットなんていうものではなくて、ただのおもちゃだと、木之内社長は私にいったんだよ。それなのに、性能が違う。それならば、木之内社長は二台目のロボットをくれる時、これは前のものより性能がよくなっていますからと、そういって渡してくれるのが普通なんじゃないかね？」

「あなたは、どうして、そんなにこだわるのですか？　やっぱり、亜紀のことがあるからですか？」

　と、妻が、きいた。

「もちろん、亜紀のこともある。それで、どうしてもロボットの性能ということになると、気になって仕方がないんだ」

「でも、タダでくださったのだから、文句はいえませんよ。そんなことをいったら失礼ですよ」

「それは分かっている」

「コーヒーでも淹《い》れましょうか？」

　と、妻が、いった。

　コーヒーを飲みながらも、桜井は、テーブルの上のロボットを見つめていた。

「私には、もう一つ気になっていることがある」

「何がですか？」

「このロボットには、作った会社の名前が入っていないんだ。それに、こういうロボットには愛称のようなものがついているじゃないか。ロボくんとか、未来くんとかね。しかし、あの社長は、このロボットをくれる時に、その愛称もいわなかったし、それに、どこを調べても、日本パーマネント株式会社の名前が入っていない」

「たしかに何も入っていませんね。でも、日本パーマネント株式会社なんて社名は、あまりにも長すぎるから、それで入れていないんじゃありませんか？」

「いや、よく見ると、足の裏に削ったような跡があるんだ。ひょっとすると、そこに会社の名前が入っていたのかもしれない。あるいは、このロボットの愛称がね」

「ずいぶんこだわるんですね。タダでもらったロボットなんでしょう？　やっぱり、不満があっても、これをくださった木之内社長さんにいっちゃいけませんよ」

「それも分かっている」

と、桜井が、いった。

調べてみると、日本パーマネント株式会社ではなくて、関西のかなり有名なゲーム機の会社が販売しているものだった。

翌日、桜井は、その会社、株式会社フレンドにケータイで連絡した。

電話に出た営業課の社員に、桜井はこちらの名前をいい、今持っているロボットのことを話して、

「おたくのほうで、日本パーマネント株式会社に依頼して、このロボットを作らせていますか？」

と、きいてみた。

相手は、

「日本パーマネント株式会社という会社は知りません。名前を聞いたことも一度もありません」

と、いい、さらに、

「第一、そのロボットを関東の工場で作らせていることはありません」

「本当に、群馬県の前橋にある工場で作らせていることはないんですね？」

「ありません。このロボットについては、全部自分のところの工場で作っています」

「最近、性能が高くなったということはありませんか？」

「たしかに、ここに来てコンピューターを新しいものに取り換えましたから、性能はよくなっている筈《はず》です」

と、相手が、いった。

どうやら、木之内社長は嘘をついたように思える。

しかし、何しろタダでもらったものである。木之内社長にきけば、おそらく、何か差し上げたくて、どこかで問題のロボットを買ってきて、それを差し上げました、というだろう。

それに対して、嘘をついていましたねと、とがめるようなことは出来ない。それに、二台のロボットが故障していて、人を傷つけたりしたわけでもない。

だが、どこかで頭のもやもやが消えてくれなかった。

あの自爆したロボットも同型だったからだ。しかし、娘の亜紀の失踪とは結びついてくれないのだ。

木之内社長は、明らかに嘘をついた。桜井にくれた二台のロボット、それを木之内社長は、前橋にある自分の会社の工場で作ったものだといった。

それが嘘であることが分かったのだ。実際には、関西にあるゲーム機の会社が作ったロボットなのである。

しかし、なぜ、調べればすぐにバレるような、そんな嘘を、木之内社長はついたのだろうか？

素直に最初から、関西のゲーム機の会社が作ったロボットだといってもよかった筈である。木之内社長のところで作ったロボットではないと分かったところで、桜井は別に、それによって腹を立てることはなかったからである。

　それなのに、なぜか、あの社長は嘘をついた。それも、二度もである。

（それにしても、そんなことで嘘をついたところで、いったい何の得があるというのだろうか？）

　と、桜井は、また考え込んでしまった。

（ひょっとすると）

　と、桜井は、さらに考えた。

　前橋の郊外にあるという木之内社長の会社の工場は、実際には存在しないのではないか？

　潰《つぶ》れてしまったのか、奥多摩のほうに工場を作るのに資金が必要だったので、売り払ってしまったのか、どちらにしろ、もう工場はないのではないか。

　だから、自分の会社で作ったという実績がない。

　それでも、ロボットを作っていると思わせるために、どこかのデパートかゲーム機の会社に行って、関西で作られたロボットを買い取ってきて、それを自社製といって桜井に渡したのではないのか？

桜井に考えられるのは、そんなところだった。

問題の二万坪の土地を買い取ったものの、資金が不足しているので工場は建てられないと、木之内社長はいっている。

その理由について、バカな銀行が金を貸してくれないからだというのだが、それも嘘なのではないだろうか？

すでに借金だらけで、銀行にも融資を断られた。それを隠そうとして嘘をつき続けているのではないのか？

その日の夜、桜井は夜の闇の中で、日本パーマネント株式会社を覗《のぞ》いてみた。

板塀は取り外され、鉄骨の組み立てが終わっていた。

中を覗かれるのがイヤなのか、鉄骨と鉄骨の間にはシートが張られていた。

鉄筋三階建ての小さなビルのほうにも行ってみたが、明かりはついていなかった。

桜井は張られているシートの隙間から、鉄骨で囲まれた工場の中に忍び込んだ。もちろん鉄骨があるだけで、中には何もない。

その時、突然、小さな機械の唸《うな》るような音を聞いた。

しかし、その音が何処《どこ》から聞こえてくるのかは分からなかった。

桜井は、鉄骨の中を通り抜けて、固まって並んでいる小さな団地に足を運んだ。

すると、その中の一軒の家で、夜だというのに芝刈り機を動かしていた。

桜井は、その家の主人に声をかけた。自分の名前をいってから、

「何時頃から、芝刈り機を動かしているのですか？」

と、きいた。

相手は、少し不愉快そうな顔をしていたが、

「一時間ほど前から動かしていますよ。夜だとうるさいでしょうが、昼間は仕事をしているので、今しかやれないんですよ」

と、いった。

何となく納得した感じになって、桜井が帰りかけた時、また、機械音が聞こえてきた。

桜井は、反射的に芝刈り機を動かしていた男のほうに目をやった。

しかし、芝刈り機は動いていなかった。

すると、今の機械音は、別のどこかから聞こえてきたのである。耳を澄ましたが、機械音は、もう何処からも聞こえてこなかった。

（今の機械音は、いったい何だったのだろうか？）

首をかしげながら、桜井は、家に帰ることにした。

3

一ヶ月して、奥多摩町に、五十嵐一家が引っ越してきた。

何か困ったことがあったらと思い、助役の桜井は、五十嵐一家の引っ越しを手伝うことにした。

「何か不便なこと、分からないことがあったら、遠慮なくおっしゃってください。一応、住みやすいように改装してありますが、皆さんが不満を感じるところもあるかもしれませんから」

と、桜井は、丁寧にいった。

とにかく、この奥多摩町を過疎の町にはしたくないのだ。

七歳の娘は一人ではしゃいで、一階と二階の階段を下りたり上ったりしている。奥さんは、改装されたキッチンのあちこちを、笑顔でいじっている。五十嵐は、広い庭に満足したようで、盛んに体操をしていた。

どうやら、この家族には今のところ、不満なところは何もないようだった。

「町の保育所でもお待ちしていますから、下のお子さんのほうは、明日にでも保育所に連れていってください」

と、桜井が、いった。

五十嵐の妻は、笑顔で、

「さっそく下の息子を、明日、保育所に連れていって、入るための手続きをしたいと思います」

といい、五十嵐は、

「次の日曜日には、必ず多摩川に、釣りに行きますよ。渓流釣りの竿《さお》も、わざわざ買って用意しましたから」

と、笑顔でいった。

そして日曜日、桜井は、五十嵐を案内して多摩川の渓流に出かけた。

今日も、都心から、かなりの釣り人がやって来ている。

それを見ながら、桜井は、奇妙な気持になってくる。奥多摩の自然を楽しむ人たちのためには、この自然を保護しなければならないと思うのだが、その一方、過疎対策も必要である。住むのに便利にしなければならないのである。

渓流釣りを楽しむには、歩かなければならない。

桜井と五十嵐の二人も、自然に上流に向かっていた。

山登りと釣りの二つを同時に楽しめるのだが、当然、疲れも二倍になる。

渓流から少し離れた場所で、二人はちょっと休むことにした。

五十嵐は、魔法瓶に入れてきたコーヒーを飲みながら、周囲を見《み》廻《まわ》した。全山緑の感じで、小鳥のさえずりしか聞こえてこない。

「眠くなりますね」

と、五十嵐がいう。

「もう一度、釣りを楽しんでから、帰りますか？」

と桜井がいい、腰を上げたが、五十嵐は、

「ちょっと待って下さい」

といって、渓流とは反対に向かって登り始めた。

「どうしたんですか？」

と、桜井が、きいた。

五十嵐は、黙って斜面を登って行き、立ち止まって、足元を覗くようにしていたが、急に戻ってきて、

「びっくりしました」

「何か見つけたんですか？」

「向こうに、穴があいてるみたいだったんで、覗いてみたんですよ。びっくりです。最初は、人間だと思いましたが、猿でした。猿が二匹、死んでいるんです」

と、五十嵐が、いう。

「この辺の山にも、猿がいるんですかねえ。猿を見たという話はないんですが」

桜井は、参考のために、確認しておきたかった。

日光では、猿の群れが街まで出て来て、みやげものを奪っていったり、観光客にいたずらすると聞いていたからである。

二人は登っていき、五十嵐が見つけた穴を覗き込んだ。

穴の底に、確かに、日本猿が二匹、重なって死んでいた。

「穴は、何か理由があって、人間が掘ったものでしょうね」

と、桜井は、いった。

かなり深い穴なので、目を凝らさないと、日本猿ということは分からない。五十嵐が最初、人間かと思ったというのも、無理はない気がした。

山歩きになった場合の用心に、桜井は懐中電灯を用意してきていたので、それを取り出すと、穴の底に向けて、スイッチを押した。

「落ちた拍子に、どこかに頭をぶつけて死んだんですかね？」

と、五十嵐が、きく。

「穴の深さは、三メートルぐらいでしょう。猿は身軽だから、落ちても死ぬことはないと思いますね」

「それでは、病気ですかね？　病気で動けなくなって、死んでしまった――」

「人間が落ちたら大変ですから、あとで、埋めてもらいます。その時に、猿のことは相談しますよ」

と、桜井は、いった。

懐中電灯の明かりを向けておいて、ケータイのカメラで何枚も写真を撮った。

町の助役としての心配は、死んでいる二匹の猿が、何か特別の病気で死んだのかどうかということと、それと、周辺の山に、何匹の猿がいるかということだった。

「何だか気分が悪くなりましたよ」

と、五十嵐が、眉《まゆ》をひそめ、

「それでは、帰りますか」

と、桜井が、応じた。

まだ、娘の亜紀の消息はつかめていない。

第三章　二匹の猿

1

依然として、娘の亜紀の消息はつかめない。連絡もない。

父親の桜井は、たまにテレビで身元不明の若い女性の死体が見つかったというニュースがあると、すぐに現場の役所や警察に電話をかけ、死体は何歳くらいの、どんな顔立ちの女性なのか、身長はどのくらいか、体重は何キロかを問い合わせた。

しかし、なお亜紀の消息はつかめていないのである。

唯一の慰めは、亜紀と思われる若い女性の遺体が、何処《どこ》からも発見されていないということだった。

一方、日本パーマネント株式会社の木之内社長は、工場建設予定地を鉄骨とシートで囲ったが、その敷地の一部に芝を植えることにしたと発表した。

これに対して、町役場では、税金対策ではないかという人もいたが、そうではなくて、植えた芝が育ったら、二万坪の土地の一部を開放したい。そこで奥多摩町の町民は自由に遊んでもいいし、バーベキューをしても構わない。そうして、奥多摩町の人たちに使って貰《もら》いたいということを、木之内社長は発表した。

最新の「奥多摩町だより」には、この木之内社長の談話も載ったが、他に、奥多摩町の山中で二匹の日本猿の死体が発見されたこと、東京から奥多摩町に引っ越してきた五十嵐一家の話も載った。

この「奥多摩町だより」を見たといって、警視庁捜査一課の十津川警部が、亀井刑事を連れて、奥多摩町役場にやって来た。

二人を応接室に通して応対したのは、助役の桜井である。

桜井が用件をきくと、十津川警部は、

「現在、われわれは四月七日の深夜、中野の飲み屋街で腹を刺されて殺された長谷川浩という三十五歳の男の事件について、捜査を進めています」

と、いってから、

「この長谷川浩という男は、前にもお話ししましたが、こちらの奥多摩駅に来て、駅長に、青梅線レポートについて聞いたという話が伝えられているのです。そこで、もう一度お聞きしたいのですが、この長谷川浩という男に、桜井さんは会ったことがありますか？」

「いや、私は会ってはいませんが、奥多摩駅の駅長から話を聞きました。その長谷川浩と思われる男から、いきなり青梅線レポートというのを知っているかと聞かれたそうです。そして、駅長は、聞いたことがないと答えたといっています」

「そうですか」

と、十津川は、肯《うなず》いてから、

「この『奥多摩町だより』で知ったのですが、何でも渓流釣りをしていて、山の中で二匹の猿の死体を発見したそうですね？」

「ええ、そうなんです。五十嵐さんという新しい住民の方と一緒に渓流釣りに行っていましてね。山の中に入っていったら穴があり、そこを覗《のぞ》いたら、猿が二匹死んでいたのです」

と、桜井が、いった。

「それで、二匹の猿の死因は分かりましたか？」

十津川がきくと、桜井は「え？」という顔になって、

「相手は猿ですよ。人間なら一応、警察に通報しますが、何といっても猿ですからね。今年の冬は気温が低かったので、猿の食べ物が少なくて飢え死にしたのかもしれませ

ん。近くの山の奥では、猪や鹿の狩りをしているハンターがいますから、猪や鹿に間違えられて撃たれて死んでしまったのかもしれません。死因を調べなくても別に問題はないでしょう？」

　と、桜井が、いった。

「そうすると、この山の奥のほうでは、猿がよく出るのですか？」

「ええ、たまに出ますよ。ですから、奥多摩町役場では、観光で来る人やハイカーには、山の中で猿に出合ったら、絶対に睨《にら》んではいけない。目をそらしなさい。そうすれば、自然に向こうがいなくなる。睨んだりすると飛びかかってきますから、と注意を出しています」

　と、桜井が、いった。

「この『奥多摩町だより』によれば、整地した二万坪の土地を買った日本パーマネント株式会社という会社が、そこに今度は芝を植えるそうですね？」

「ええ、そうなんです。あの会社はですね、あそこに新しい工場を建てるつもりで町の二万坪の土地を買ったのですが、資金が続かなくなって、すぐには工場を建てることが出来なくなってしまいました。二万坪をただの空き地のままにしておくと、雑草なんかが生い茂って、町としても困るといったことがあるんです。それで、おそらく、そこに芝を植えることにしたのではありませんかね？　ただ、芝がうまく育ったら、その土地の一部を町民に開放すると、そんなことをいっていますが、しかし、どうして日本パーマネント株式会社に、刑事さんは興味を持たれたのですか？」

と、今度は、桜井のほうからきいてきた。

「われわれは、さっきもいいましたように、中野で起きた殺人事件の捜査をやっています。その捜査の上で、いちばん引っかかっているのは、被害者が奥多摩駅の駅長に向かって、青梅線レポートについて聞いてきたということなのです。ひょっとすると、この青梅線レポートというのは、今回の殺人事件の原因になっているのかもしれない。そんなふうに考えましてね。そしてもしかすると、この二万坪もの土地を買った日本パーマネント株式会社というのが、青梅線レポートに載っているのではないか？　そんな気がしたものですから、こうしてお聞きしたわけです」

と、十津川が、いった。

「そうですか」

と、桜井は、小さく肯いてから、

「もし、刑事さんが、青梅線レポートというのを何か犯罪の動機とかに考えておられるのでしたら、たぶん、その考えは間違っていますよ。何しろ資金がなくて、せっかく買った二万坪もの土地を遊ばせているような、そんなだらしのない会社ですからね。とてもじゃないですが、殺人事件の原因になるような会社ではありません」

と、いった。

「それでは、土地を買ったが現在は資金が続かず、休眠状態になっている会社ということですか？」

と、十津川が、きいた。

「ええ、そうなんですよ。ただ、社長は、群馬県に小さな工場があって、そこでおもちゃを細々と作っている。そんなことをいっていましたね」

「おもちゃですか？」

「そうですよ。別のいい方をすれば、人形のようなロボットです」

と、桜井はいってから、町長の机の上に置かれていたロボットを持ってきて、十津川たちの前に置いた。

「これが、今いった日本パーマネント株式会社が、群馬県の小さな工場で細々と作っているというロボットです」

「そういえば、亜紀さんの部屋にあって自爆したおもちゃのロボットもこんな形でしたね？」

十津川が、いった。

「ええ、そうでした。性能もなかなか良かったですね」

「ところで、目の前にあるロボットは、いったい、どんなことが出来るんですか?」

と、亀井が、きいた。

「録音されたあいさつをするのは、他のロボットと同じです」

「他に、このロボットを動かしてみたりしたことは、まだないんですか?」

「いや、少しは動かしてみました。実は、私も木之内社長から同じロボットをもらったんです。その後で木之内社長は、町長にもこのロボットをプレゼントしてくれたんですが、動かしてみたら、性能がかなり違っていたのですよ。私がもらったロボットと形は同じですが、内蔵しているコンピューターの違いらしいですね」

「一つ、お願いをしてもよろしいでしょうか?」

少し改まった口調で、十津川が、桜井にいった。

「お願いというのは、どんなことでしょうか?」

「この『奥多摩町だより』には、二匹の猿の死体のことが書いてあります。じかに見たいのですが、死体のあった穴まで案内して頂けませんか?」

と、十津川が、いった。

「分かりました。ご案内しますが、どうして猿の死体なんかに、警察は関心を持っているんですか？」

桜井が、不思議そうにきく。

十津川が、答える。

「殺人事件の捜査が、壁にぶつかってしまいましてね。一向に容疑者が浮かんでこないんですよ。そんな時に、青梅線レポートという言葉が、どうしても引っかかってくるのですよ。この言葉の中に、今回の殺人の動機が隠れているのではないか？　それで、ちょっとしたことも頭に残りましてね。殺人事件とは関係はないでしょうが、とにかく、その猿の死体を見てみたいのですよ」

「それは構いませんが、しかし、猿は猿ですよ」

桜井は、笑ったが、それでも町長の許可をもらって、二人の刑事を案内することになった。

桜井は、五十嵐と二人で渓流釣りをした時のことを思い出しながら、十津川たちを山の中に案内していった。

少し迷ってから、猿が見つかった穴のところに到着した。

「この穴の中ですよ」

「穴から出して、よく見てみたいんですが」

十津川がいい、結局、桜井も手伝って、三人で穴の奥にあった猿の死体を引きあげた。

この辺の山中の気温が低いせいか、腐敗はまだ始まっていなかった。

桜井のほうは、こんな捜査に付き合ってはいられないと考えたのか、

「よろしければ、私は町役場に戻りたいのですが」

と、いう。

「結構ですよ。お忙しい中、どうもありがとうございました」

と、十津川が、いった。

桜井が帰ってしまうと、二人の刑事は、雑草の上に並べられた猿の死体を、じっと見つめた。

「似ているね」

と、十津川が、いった。

亀井も、肯いて、

「猿というのは、みんな同じ顔に見えるのですが、それにしても、この二匹は、実に

よく似ていますね。猿でも双子というのはあるのでしょうか？」

「双子かもしれないが、これだけ似ているというのは、ええと、何といったかな――？」

「クローンですか？」

「そうだよ。そのクローンだよ。牛ではクローン牛が作られたと聞いたが、猿はどうなんだろう？　もし、これがクローンだったら、ひょっとすると、殺人の動機になるかもしれないぞ」

と、十津川が、いった。

二人は、ケータイのカメラで、並んだ二匹の猿の写真を撮りまくった。二人でおそらく百枚は撮っただろうか。

「この猿、どうしますか？　捜査本部に持って帰りますか？」

と、亀井がきく。

「そうだな。一応、猿に詳しい大学の先生にこの写真を見せて、聞いてみることにしよう。もし、これがクローンだということになったら、その時は二匹の死体を、改めて引き取りにこようじゃないか」

と、十津川が、いった。

2

二人は、猿の死体を穴に戻してから、いったん中野の捜査本部に戻った。

その後、Ｓ大でクローンの研究をしている坂本《さかもと》という教授に電話をかけ、会ってクローンについて、いろいろとききたいといった。

その結果、会う約束を取りつけて、翌日、十津川は亀井と、Ｓ大の研究室にいるという坂本教授を訪ねていった。

坂本教授は、まだ五十二歳と若い。しかし、その若さながら、クローンの研究については、日本で五指に入るという優秀な学者だった。

十津川は、坂本教授に見て貰うため、百枚余り撮ってきた二匹の猿の死体の写真を、テーブルの上に並べていった。

「この二匹の猿の死体についてですが、私と、こちらの亀井刑事は、全く同じ猿ではないか？　ひょっとすると、これは猿のクローンなんじゃないか？　そんなことを考えましてね。ぜひ、クローンかどうかを、坂本先生に判断して頂きたいのですよ」

と、十津川が、いった。

「今までに、牛のクローンは作られましたが、猿のクローンが作られたという話は聞いたことがありませんね」

と、坂本が、いう。

「猿のクローンを作るのは、技術的に難しいのですか？」

「いや、技術的に難しいということはありません。ただ、牛よりも猿の方が、人間に近いですからね。猿のクローンを作ることに成功すれば、おそらく、次は人間のクローンを作ろうと考えるようになるでしょう。これは、世界的に見て禁止されていることですからね。私たちだって、牛のクローンは作れますが、本当のことをいうと、猿のクローンを作りたいのです。しかし、それは人間に近づくことになります。これが片方の猿がクローンだとしたら、作った人間は、法律的に禁止されていることをやろうとしているのかもしれませんね」

と、坂本教授が、いった。

「今、先生もいわれたように、牛のクローンを作ったら、今度は猿のクローンを作りたいと思うのは、人間の本性ですかね？」

「今もいったように、猿で成功したら、次は人間を作りたい。そういう誘惑に駆られてしまう。だから、普通の人間は、作りたくても作らない」

「それで、写真の猿ですが、クローンと考えてもいいですか？　それとも、単なる猿の双子ですかね？」

　十津川がきくと、坂本教授は、きっぱりとした口調で、

「私が勝手に断定してよいなら、これは間違いなく猿のクローンです」

と、いってから、

「奥多摩の山の穴の中に捨てられていたというのですね？　これからすぐ、その場所に案内して貰えませんか？　この目でしっかり実物を見たいのです」

と、急に立ち上がった。

　ちょうどパトカーで来ていたので、すぐに坂本教授を乗せて、十津川たちは甲州《こうしゅう》街道から、奥多摩に向かって走らせた。

　青梅からは、山道に入っていく。渓谷を渡り、山が深くなっていった時、前方に煙が立ち上るのが見えた。

　途端に、十津川は嫌な予感がした。

　さらに登り道をパトカーで上がっていくと、例の穴のある山の辺りから煙が立ち上っていることが分かった。

「まずいですよ」

と、亀井が、舌打ちをした。

「たしかに、まずいな」

と、十津川も、いう。

何とか近くまでパトカーで行けたのだが、前方の山肌が燃えているのが分かった。煙だけではなく、赤い炎が見えている。

急に、空気が熱くなってきた。風の向きが変わったのだ。これ以上、例の穴に近づくことは出来なくなった。

十津川は、すぐ消防に電話をして、

「山火事が起きている」

と、知らせた。

しばらくすると、消防車のサイレンの音が聞こえてきた。

消防の大きな車は、ここまで入ってこられない。ということで、消防隊員が熊手やスコップを持って、ドッと山の中に入ってきた。何とか延焼を防止しようというのである。

そのうちに、ヘリコプターも飛んできて、上空から水を撒《ま》き始めた。それでも火勢は増すばかりで、空気がますます熱くなっていく。

十津川たちは、消防隊員にいわれて、二十メートルほど後退した。

一向に火の勢いが衰えない。

ヘリコプターは何回も来て、頭上から盛んに水を撒いていたが、ほとんど役に立たず、あとは、周辺の草を刈って延焼を防ぐしか方法はなさそうだった。

その結果、目の前の山火事は三時間近くかかって、やっと下火になった。

3

十津川たちは、すぐには山に入れなかった。消防隊員からやっと許可が下りたのは、鎮火からさらに二時間ほど経ってからだった。

近くの杉林もあらかた焼けてしまい、木々は倒れていた。雑草も焼けてしまい、歩くと足の裏が熱かった。

それでも、何とか例の穴のところにたどり着いた。

しかし、穴の中にある筈の二匹の猿の死体も焼け焦げて、ただの灰になってしまっていた。

穴の中で雑草も燃えていたから、これは明らかに放火だ。穴の中に枯れた雑草を投げ込み、火を放ったのだろう。ガソリンの臭いもしているから、ガソリンを穴の中に撒いたのかもしれない。

「これは明らかに放火ですよ。間違いありません」

消防隊員が、十津川にいった。

十津川はパトカーに戻り、焼けた目の前の山肌を見つめながら、坂本にいった。

「ここには、焼けて問題になるようなものは何もありませんよ。唯一問題になるものといえば、穴の中にあった二匹の猿の死体です。これは明らかに放火で、犯人はあの穴の中に枯れ草を投げ込み、ガソリンをかけて火を放ち、二匹の猿の死体を焼いてしまったんです。ということは、ただの死体ではなかった。先生が断定したように、クローンだったと思わざるを得ません」

その後も、十津川は、坂本教授に食い下がった。

「残念ながら、実物の死体は焼けてしまいましたが、百枚の写真で何とか判断出来ませんか？ われわれには二匹の猿が双子ではなくて、クローンだという証明が必要なんです」

それでも、坂本は、逆に慎重になった。

「とにかく二、三日、私に時間をいただけませんか？ 友人で、私以上にクローンについて詳しい人間がいますから、彼にも相談してみたいのです」

と、坂本が、いうのだ。

それから三日して、十津川は、坂本教授に呼ばれて、彼が研究所と称している国分《こくぶん》寺《じ》のビルに、亀井と二人で行くことになった。

小さなビルに、大きな看板がかかっていた。その看板には、「不死研究所」と書かれてあった。

五人の研究員の名前が、ずらりと並んでいる。その中に、坂本教授の名前もあった。

その中の二人の前で、十津川は熱弁をふるった。

「われわれは、結果を知りたいのです。私は、警視庁の刑事ですから、何とかして犯人を見つけ出したいと思っています。そのために必要と思われる先生方の考えをお聞きしたいと思っているのですが、あの写真から二匹の猿の片方が、クローンかどうかが分かりましたか？」

「この研究所には五人の研究員がいて、私以外の四人に写真を見せて、議論を重ねました。どうしても断定するのが難しいので、最後に決を取りましたところ、三対二でクローンだろうという結果になりました。しかし、反対の二人がいたことも忘れないでください」

と、坂本は、慎重にいった。

「クローン説の三人の方は、どういう理由でクローンと断定されたんでしょうか？」

と、十津川が、きいた。

坂本教授自身も、クローンと断定したという。その理由をほかの二人の意見とともに、十津川に説明してくれた。

「まず、双子や三つ子ではない理由ですが、双子、あるいは三つ子を観察しますと、たしかによく似てはいますが、どこか微妙に違っています。それはあたりまえの話で、全く同じ双子、あるいは三つ子というのはありません。どこかが違っています。だからこそ、生物なんですよ。ところが、この写真を見てみると、違っているところを探すのが難しいのです。それによく見ると、年齢が違いますね。左側の猿は、おそらく十歳くらいでしょう。それに比べて、右側の猿は、三歳くらいではないでしょうか。それにもかかわらず、どこもかしこもよく似ています。考えられるのは、自然に生まれた二匹ではなくて、年齢の大きいほうの鋳型を作って、もう片方の猿が生まれた。そんな感じがするんですよ。猿は三年ぐらいでおとなになりますが、おそらく、こちらの若い猿のほうは、おとなになった途端に死んでしまったのではないでしょうか。それが、現在のクローン技術の限界のようなもので、全く同じものを作ることは作れるのですが、おとなになった途端に死んでしまう。これは、牛のクローンでも立証されています」

「もし、これがクローンだとしたら、いったい何のために、こんなものを作ったのでしょうか？」

十津川が、きいた。

「それは分かりません」

「なぜ分からないのですか？」

「牛のクローンを作る人の考えは、分かりますよ。立派な牛がいます。食用牛としては、大変優れています。それと全く同じ牛を作れないかと考えるのは、ごく自然なことです。しかし、猿までいってしまうと、そうした考えではないだろうと思うのです」

「それはなぜですか？」

「日本には、猿を食べる習慣などありませんし、極めて人間に近い動物ですからね。それをクローンで作るということに対して、普通の人間ならば、精神的なためらいがある筈《はず》です。なぜなら、猿のクローンを作ったら、次は人間のクローンを作りたい。必ずそういう方向に進んでいくからです。だから、クローンの場合は、牛や羊などで絶対に止めておかなくてはいけないのですが、この二匹の猿についていえば、精神的なためらいを、作った人は越えてしまったのではないのかと、そんなふうに考えてしまうのです」

「しかし、これがクローンだとしたら、作った人は、猿のクローンを作って、それで喜んでいるわけではないでしょう？　今、先生がいわれたように、この次は人間のクローンを作ろうとする。迷うことなく、そこにいってしまうのではないでしょうか？」

亀井が、きいた。

「そうですね。もう一つ、この猿のクローンを作った人は、たぶん、クローンとは別の方法で不死の人間を作ろうとしているのでしょう」

同席していた、研究所長の松木《まつき》がいった。

十津川が、首をかしげて、

「その辺がちょっと分からないのですが、猿のクローンを作るのと、不死の人間を作ることは、同じなんですか？」

ときくと、逆に、松木が、

「十津川さんは、死ぬということは、どういうことか分かっていますか？」

と、きいた。

「もちろん分かりますよ。人間の寿命は百四十歳が限度で、誰もが死んでいきます。その一方で、どこかで赤ん坊が生まれている。それを繰り返しているのが人間でしょう？　つまり、生があって死がある。逆に、死があって生があるのかもしれませんが、人間は生と死から絶対に逃れられないでしょう？」

と、十津川が、いった。

「実は、死とは何か、生とは何かということを突き詰めていくと、分からなくなってくるんですよ。地球上に細菌しかいないとします。細胞は分裂して増えていく。その一方で、死滅していく。したがって、観察していれば、全く同じものが死んでいき、全く同じものが生まれてくる。全く同じものが延々と続いていくわけですから、この細菌には生もなければ、死もない。そう考えざるを得ないのです。それでは、いったいいつから生と死という概念が生まれたのかといえば、それは違ったものが合体して、新しいものが生まれるようになったときです。つまり、オスとメスがいて、それが合体して全く違うもの、外見は似ているが、そのオスともメスとも違ったもの、つまり子供が生まれる、それが生です。現代人の考える生ということになります。子供を産んだオスとメスは、死んでいきます。これが普通に考える死ということです。クローンというのは、その概念を破壊しようとします。オスとメスがいて、子供が生まれるという生死のルールを破壊するわけです。オスがいれば、それと同じものが作れる。メスがいれば、それと同じものが作れる。オスだけ、メスだけでも、全く同じものが、いくらでも作られていき、それはどんどん死んでいく。細菌の世界と同じことになっていくのです。そうなると、これは神の行為です。それが怖いので、世界的には人間のクローンを作ることは、禁止されているわけです」

「先生は、猿のクローンを作った人間は、次に人間のクローンを作るだろうといわれましたね？　それは、この研究所で先生が考えていることと関係があるのですか？」

と、十津川が、きいた。

「その両方とも、求めるものは同じだろうと、私は考えます。今、細菌の例で説明しましたが、人間のクローンを作ろうとしている人は、永久の生命の考えを持っているに違いありません。そのための人間のクローンの研究でしょうから。この研究所では、別の形の永久の生命を考えています」

と、松木が、いった。

「それは、どういう考えですか？」

「不死を考える人は、どこかで自分が神になることを願っていると考えられるのです。

しかし、ここでは、それは考えません。ただ優れた人間を作りたい。クローンではなくて、ＡＩ（人工知能）の部門で優れた研究を考えています。人間は不死ではなくて、必ず死ぬものだと考えて、それは肯定するが、よりよい生活を求めて、そのために優れた人工知能を開発したいと思っています。健全で、世界的に許されているため、現在はＡＩ競争が行われています。頭脳というものは、簡単には死なないものである。手とか足とか身体が衰えていく。それが老いるということで、それが動かなくなれば、寝たきりになり、老衰で死んでいく。そこで、衰えることを知らない手とか足とか体を作り、つまりロボットの上に自分の頭脳を乗せれば、不死の人間が生まれるだろうと考えるのです。脳もゆっくりとですが、衰えていきます。その場合は、優れた人工頭脳が補完すればいい。楽しみや悲しみ、食欲、記憶などというものは、全て頭脳が司《つかさど》っていて、体が司っているわけではありません。そこで、今いった方法で、頭脳は永遠に生かしていく。その頭脳を支える体は、取り換えていく。しかも、前より優れた手足を作って、その上に頭脳を乗せていけば、クローン以外の方法で不死の世界を手に入れることが出来るのではないか。今のところ、猿のクローンを作った人が、どちらの方向を目指しているのかは分かりませんが、危険な研究だということは分かります。どちらかの方法で不死を手に入れた人間は、自分以外の人間の不死は喜ばないと思うのです。なぜなら、不死の喜びは、自分一人のものにしておきたいからですよ。もちろん、そう考える人間は、明らかに危険な存在ですがね」

と、松木が、いった。

その時、十津川は、ロボットがさまざまな才能を発揮したあと、突然、爆発したことを思い出していた。

今、松木が話していることと、あのロボットの話はどこかで、つながっているのだろうか？

（しかし、奇妙だな）

と、十津川は、首をかしげてもいた。

優秀なロボットの話も、猿のクローンの話も、東京の真ん中や、あるいは学園都市でこそふさわしいのではないか。

しかし、今、話が生まれている場所は、青梅線の、それも自然豊かな奥多摩である。あまりにも自然が豊かなために、青梅までは東京への通勤圏なのに、奥多摩駅の周辺は、通勤圏から外れ、過疎の町になっている。

そんな奥多摩に、なぜロボットやクローンの話が生まれたのか？

「松木先生は、『青梅線レポート』という言葉を聞かれたことがありますか？」

と、十津川が、きいた。

松木は、「え？」という顔になった。話の腰を折られて、明らかに不快そうだ。

「それは、何ですか？」

と、きく。

「今、奥多摩周辺で、囁《ささや》かれているのではないかと思われる言葉なのです。具体的にいうと、奥多摩駅で駅長にこの質問をした男が、その後、中野で殺されています」

「それで、警察が関心を持っているということですか？」

「そうです」

「私は聞いたことがないが、念のため、他の者にも聞いてみましょう」

松木は、他の研究員も呼び集めてくれた。

老いた顔もあったし、若い研究員もいる。

松木が十津川に代わって彼らに向かって、「青梅線レポート」について、質問してくれた。

最初、反応は鈍いものだった。

集まった研究員の口から出たのは、ＡＩの先端を行くアメリカの話だったり、研究者の多いインドの動向だったりだった。

「日本は規制が多すぎて困る」と、政府の方針に文句をいう研究員もいた。

そんな中で、一番若い二十代の研究員が手をあげて、

「今、手帳を見ていたら、『青梅線レポート』と書いてあるのを見つけました。去年の十月七日とありますから、その日に聞いて、手帳に書き留めたんだと思います」

「誰から、どんな状況で聞いたのか、覚えていますか？」

と、十津川が、きいた。

「それを考えていたんですが、この日は高校時代の同級生と久しぶりに会って、二人で好きな渓流釣りに出かけたんです。奥多摩です。その時に、この友人がいったんだと思います」

と、いう。

「そのお友だちは、今何処に住んでいるんですか？」

「草津《くさつ》に温泉の研究所があって、そこで働いています。趣味が渓流釣りで、私が一度、奥多摩に釣りに行ったことがあったもので、久しぶりに一緒に行きました。その時に彼がいった言葉だと思います」

「あなた自身は、初めて聞いた言葉ですか？」

「そうです」

「そのお友だちに、連絡が取れますか？」

「彼のケータイの番号も書いてあるので、連絡を取ってみます」

「青梅線レポートとはどんな意味なのか、何処で聞いたか、聞いて下さい」

と、十津川が、いった。

若い研究員、名前は矢代《やしろ》豊《ゆたか》で、彼はその場を離れて電話していたが、戻ってくると、

「すみません。電話がかかりませんでした。細かいことは気にしない男ですから、電池切れになっているのかもしれません」

「草津の温泉研究所で働いている方でしたね？」

「そうです。草津にある研究所は、歴史の長い権威のある研究機関だそうです」

「ＡＩやロボットのことには、関心がない人ですか？」

「いや、高校時代からロボットを作っていたから、興味は持っていると思いますよ」

と、矢代は、いった。

十津川は、彼の友人、渡辺《わたなべ》和之《かずゆき》のケータイの番号を聞いて、自分の手帳に書き留めた。

4

研究所から中野の捜査本部に戻って、十津川は、自分で渡辺和之のケータイにかけてみた。が、矢代がいったように、かからない。

そこで、草津にあるという温泉研究所の電話番号を調べて、かけてみることにした。

確かドイツのベルツという医学者が、今から百四十年ほど前に来日して、草津温泉で温泉療法の研究、普及につとめたと聞いたことがある。その頃からの歴史のある研究所らしい。

電話が通じたので、渡辺和之の名前をいうと、

「渡辺のお知り合いですか？」

と、逆にきかれてしまった。

「いや、まだお会いしたことはありません。こちらが捜査している事件のことで、名前が出て来たので、お話を伺いたいと思ったんですが、いらっしゃらないんですか？」

「一週間前から無断欠勤をしているので、困っているのです。自宅マンションにもい

ないし、電話もかからないんですよ。どんな事件に関係しているんですか？」

「いや、関係があるかどうかは、まだ分かりません」

と、十津川は訂正してから、

「もし、連絡がついたら、私あてに電話を頂きたいのです」

といって、自分のケータイ番号を教えて電話を切った。

その日、十津川は、三上本部長に捜査会議を開いて貰って、「青梅線レポート」現象について話した。

「不思議なことに、青梅線レポートという言葉にからんで二人が行方不明になり、一人が殺されています。もちろん、この言葉のためだと断定は出来ないのですが、関係がある確率は、五十パーセントと考えています。奥多摩町役場の助役の娘は行方が分からず、奥多摩駅の駅長にこの言葉について質問した男は、中野の飲み屋街で殺され、今回、同じく友人にこの言葉を話した草津温泉の研究所で働く男は、一週間、無断欠勤しています」

と、十津川は、三上本部長に説明した。

「君自身は『青梅線レポート』なるものがどんなものか、分かっているのかね？」

と、三上がきいた。

「残念ながら、全く分かりません。あるのかもしれませんが、見たことがないのです」

「青梅線レポートという以上、ＪＲの青梅線のことを書いたレポートなんだろう？」

「あるいは、その周辺のことを書いたものかもしれません」

「現在、青梅線に何か問題があるのかね？　経営状態が悪いとか、事故が多いとかだが」

「そうした噂は聞いていません。それに、新宿、東京へ直通電車があるので、青梅はベッドタウンになっています。ただ、青梅の先、終点の奥多摩駅までは自然が豊かで、奥多摩町では過疎の問題も起きていますが、その一方、休日には東京方面からハイカーや子供連れがやって来て賑《にぎ》わいます」

「しかし、青梅線レポートが問題を起こしているということだろう？」

「そうです」

「だとすると、そのレポートには、青梅線の問題が指摘してあるか、悪口が書かれていることになってくるな？」

「そうですが、私は好きな路線です。ベッドタウンを抱える一方、自然が豊かですから」

「君たちの中で、青梅線レポートなるものを見た者はいるか？」

と、三上は、刑事たちの顔を見《み》廻《まわ》した。

誰も、手をあげない。

「君はどうなんだ？」

と、三上が亀井刑事を指さすと、亀井は、

「多分、全員がこの事件の捜査に当たることになって、初めて聞いたと思います」

と、いった。

三上は、視線を十津川に戻した。

「青梅線レポートの正体が分からずでは、捜査の進めようがないだろう？　全く分からないのか？」

「いくつか気になる発見がありましたが、それが殺人事件とはたして関係があるのかどうかが分からないのです。一つは、ロボットです。小さなおもちゃのようなロボットですが、性能が抜群で、最後には自爆しました。次は、それに似たロボットを作ったという、群馬県に小さな工場を持つ日本パーマネント株式会社で、社長は木之内永世という七十歳の男です。彼は東京進出を考え、奥多摩町が整地した二万坪の土地を手に入れましたが、資金が足りず、工場は出来ていません。三番目は、奥多摩の山中で発見された日本猿二匹の死体ですが、一匹はクローンではないかと疑いましたが、山火事で灰になってしまいました。現在、この三件をマークしているのですが、肝心の青梅線レポートの正体が不明なので、関係が分からずに困っています」

「結局、そこにいくのか？」

「そうです。逆に考えれば、青梅線レポートの中身が分かれば、解決する可能性も高いと期待しているのですが」

「青梅線レポートという名前だが、実際の事件は青梅ではなく、奥多摩で起きているように見えるがね。中野で殺された男も、奥多摩駅で駅長に青梅線レポートについて質問したあと殺されている。二匹の猿の死体が見つかったのも、青梅ではなく、奥多摩の山中だろう。そうなると、青梅線レポートじゃなくて、奥多摩レポートというべきじゃないのかね？」

「確かにその通りですが、青梅線というのは、中央本線の立川から青梅を経て終点の奥多摩までを呼びますから、青梅線レポートといういい方は、必ずしも間違っていません」

「だが、事件に関係する場所は、全て青梅ではなく奥多摩じゃないか。青梅線レポートといういい方なのでレポートが見つからないのであって、奥多摩レポートなら見つかるんじゃないのかね？」

「なるほど」

と、十津川は一応肯《うなず》き返したが、三上の説に納得したわけではなかった。

確かに三上のいう通り、今のところ、奥多摩で気になる事件や発見があって、青梅ではゼロだが、これは青梅で見つけていないだけのことだと、十津川は思っていた。

従って、奥多摩にだけ注意を払っていると、捜査を間違うのではないか。

十津川は、そんなふうに考えていた。

捜査会議の翌日、奥多摩町の駐在所から、日本パーマネント株式会社の動きの報告があった。

何か動きがあったら知らせるように頼んでおいたのである。

資金不足で工場が建たない二万坪の工場用地に、芝を植えることになっていたが、その一部、五百坪の芝生が完成したという報告だった。

「明日、この五百坪を開放して、町の人たちにバーベキュー大会を楽しんでほしいと、社長の木之内氏が話しています。バーベキュー用の器具や食材などは、全て日本パーマネント株式会社が提供するそうです」

と、駐在所の巡査長が、いう。

「盛況になりそうか？」

「なると思います。会社としては、工場建設まで、その五百坪を町民に自由に使って貰うとも、社長はいっています」

「しかし、バーベキュー大会ばかりやっているわけにはいかないだろう？」

「いえ、会社の方は、五百坪を小さな公園にしていますから、町民はいろいろと楽しめると思います。中央には噴水もありますし、バーベキューが終わったら、子供のために模型の機関車を走らせるといっています」

その巡査長の報告のあと、十津川は亀井に向かって、

「行ってみよう」

と、いった。

翌日、二人の刑事は、パトカーは使わず青梅線で奥多摩に向かった。

駐在所の巡査長の報告は本当だった。

二万坪の工場用地の中、町営住宅に近い五百坪を区切って芝を植え、中央には噴水がある。二人が着いた時はバーベキュー大会が始まっていた。

噴水は水量が豊かで、七色に彩られて水しぶきをあげている。

バーベキューは、日本パーマネント株式会社の社員がサービスに当たり、社長の木

之内が陣頭指揮を執っている。

町民が集まり、その中には、転居してきたばかりの五十嵐一家の姿もあった。

公園の隅では、実物の五分の一のSL模型が置かれ、駅が作られていた。

十津川は、木之内社長をつかまえてきいてみた。

「町民へのサービスですか？」

「何といっても、資金難で予定の工場が建たないので、申しわけないと思いましてね。せめて五百坪の部分でも、町の人たちに、自由に使って頂こうと思いましてね」

「この公園は、いつでも使えるんですか？」

「そのつもりで管理人を二人、雇いました」

木之内は、その二人を呼んだ。二人とも二十代の若い男である。

「これから、移動用トイレが到着するという連絡がありました」

管理人の一人が、木之内に報告する。

「君たちに組み立てられるのか？」

「大学時代に組み立てたことがありますし、向こうの人間も来るそうです」

といい、そのトラックが着いたといって、走って行った。

十津川は、亀井と噴水の傍まで歩いて行った。高々と噴きあげ、音を立てて落ちてくる。

「カメさんの感想を聞きたいね」

「立派だとほめたらいいのか、立派すぎるといったらいいのか迷いますね」

と、亀井が、いう。

「そうだね。立派すぎるともいえるね」

と、十津川も、いった。

第四章　噴水と紙片

1

　十津川は、いったん捜査本部のある中野警察署に帰ることにしたが、その際、奥多摩町の駐在所の巡査長には、

「どんなに小さなことでもいい、日常とは違うことが起こったら、すぐに知らせてくれるように」

　と、いっておいた。

　十津川たちが中野に戻った翌日、さっそくその駐在所の巡査長から、十津川に電話が入った。

「これが、はたして十津川警部がいわれたことに該当するのかどうか、よく分からないのですが、どんな小さなことでも構わないから、とおっしゃっていましたので、一応ご連絡いたします」

と、巡査長が、いう。

「いったい、どんなことが起きたんだ？」

「奥多摩町に、水道工事をやっている業者がいます。市川《いちかわ》水道工事店という二十代の若い夫婦の店ですが、市川大樹《だいき》という二十五歳の夫が行方不明になっているのです」

と、駐在所の巡査長が、いう。

「詳しく話してくれ」

と、十津川が、いった。

「日本パーマネント株式会社が二万坪の工場用地のうちの五百坪を町民に開放して、昨日そこでバーベキューをやったりしました。その中央に、噴水が作られたのですが、市川水道工事店の奥さんは、市川明美《あけみ》さんとおっしゃるんですが、町役場から電話があって、公園内に作られた噴水が止まってしまっているので、見てくれといわれたのだそうです。それで、ご主人の市川大樹さんが昨日の夕方、工具を持って出かけたが、今朝の七時になっても、まだ帰ってこないというんですよ。それで、警部に電話したというわけです」

と、巡査長が、いう。

十津川は、すぐに決断した。

「話は分かった。これからすぐ、そちらに行く」

電話を切ると、十津川は亀井と若い刑事の二人を連れて、パトカーで奥多摩町に急行した。

2

駐在所には、問題の市川水道工事店の妻、市川明美が来ていて、心配そうな顔で椅子に腰を下ろしていた。

十津川が、市川明美に、さらに詳しい話をきく。

「昨日の午後二時ころでした。町役場から電話がありまして、例の五百坪の敷地の中に噴水があるのだが、その水が止まってしまったようなので見てくれないか。故障しているのなら、早急に修理して、水が出るようにしてほしいと。それで、主人は道具を持って出かけて行ったのですが、今になっても帰ってきません」

と、市川明美が、いう。

「町役場の誰が、電話してきたんですか？」

と、亀井が、きいた。

「助役さんです」

「助役さんというと、桜井さんですね？」

「ええ、そうです」

助役の桜井ならば、十津川も亀井も、これまでに何度も会っている。

時計を見ると、すでに午前九時を廻《まわ》っているので、桜井はもう町役場に出てきているだろう。十津川はそう思って、町役場に電話をかけた。

十津川が予想した通り、桜井助役はすでに町役場に出ていた。市川水道工事店に、噴水の修理を依頼する電話をしたかという十津川の質問に対して、

「ええ、たしかに私が直接、市川水道工事店に電話をして、水が出ていないようなので、噴水の様子を見てくれるように頼みました。せっかく日本パーマネント株式会社が提供してくれた公園で、その中の噴水の水が止まっているのなら、すぐ直したほうがいいだろうと思って頼んだんです。直ったら電話をくれるようにといったのですが、そういえば、かかってきませんでしたね。忘れてしまったのかな」

と、桜井が、いう。

「噴水の水が止まっていることは、日本パーマネント株式会社のほうにも知らせたんですか？　町役場のほうで直すということを知らせましたか？」

と、十津川が、きいた。

「一応連絡しました」

「それで、向こうの返事はどうでした？」

「あの五百坪は、奥多摩町に提供したものだから、そちらで好きなようにしてくださいという返事でした」

「町役場から頼まれて、市川水道工事店の市川さんが、工具を持って修理に行ったが、今になっても帰ってこないというのです」

「それはおかしいですね。ちょっと様子を見に行ってみます」

と、桜井が、いう。

「こちらも見に行きますよ」

十津川も、いった。

十津川は、パトカーに市川明美と駐在所の巡査長を乗せて、現場に急行した。五百坪の、日本パーマネント株式会社が提供した公園である。

そこで桜井助役と一緒になった。

「噴水、直っていますよ」

と、桜井が、笑いながらいう。

なるほど、五百坪の中に作られた噴水は、勢いよく水を噴き上げていた。

「噴水は、本当に水が止まっていたんですか？」

十津川が、桜井助役にきいた。

「いや、それは分かりません。実は、水が止まっているところを直接見たわけではないんですよ」

「と、いいますと？」

「町民の方が、昨日の午後二時ころ、役場に電話をしてきましてね。公園の噴水の水が止まっていますよ。せっかく日本パーマネント株式会社が提供してくれた場所なので、早く直したほうがいいんじゃありませんかというものですから、すぐに市川水道工事店に電話をしたわけです。それで、すぐ直してくれたんじゃないですかね」

と、桜井が、いった。

「ところが、修理に行った市川大樹さんが、いまだに帰ってこないのですよ」

十津川がいい、同行してきた市川明美も、

「修理に出かけたまま、いつまで経っても帰ってこないので、主人に電話をしてみようと思ったら、たまたま家にケータイを忘れてしまっていました。それで連絡が取れないんですよ。何かあったのではないかと心配になって、駐在所に電話したんです」

十津川たちは、問題の公園の中に入っていった。

若い日下刑事がカメラで、しきりに噴水を撮っている。

直径十メートルほどの円形の池の中央にコンクリートの造形が施され、そこから勢いよく水が噴き上がっている。

これを作った日本パーマネント株式会社は、噴き上がる水は池の水を循環式のポンプで廻しているので、池の水がなくならない限り、いつまでも水を噴き上げるだろうと説明していた。

今、十津川たちが見ている噴水は、この説明のように勢いがいい。

池の水は深さが六十センチくらい。かなりの水量があるから、モーターが停まらない限り、いつまでも勢いよく水を噴き上げ続けるだろう。

「本当に、この噴水は止まっていたんですかね？」

十津川が、首をかしげて桜井助役を見た。

「ですから、私が直接見たわけではなくて、町民から電話があっただけですから」

桜井がいいわけのようにいうと、駐在所の巡査長が、すぐに亀井と二人で、隣接する町営住宅に走っていった。そこに住んでいる人たちに、聞き込みをするつもりらしい。

一時間もすると、二人が戻ってきた。

「あの町営住宅の一番こちら側に近い部屋の人たちに話を聞いたんですが、昨日もずっと噴水の水音が聞こえていたそうですよ。噴水が止まれば、水の音が聞こえなくなる筈《はず》だから、噴水が止まっていたとは思えない、といっていました。念のために、四、五軒の家にあたってみたんですが、噴水が止まっていたと証言する人は、一人もいません。皆さん、昨日は時々、噴水のほうに目をやっていたが、ずっと勢いよく水を噴き上げていた、といっていました」

亀井刑事が、十津川に報告した。

「おかしいな」

今度は、桜井助役が首をかしげた。

「間違いなく、昨日の午後二時ころ、町役場に電話があったんですよ。若い男の声で、企業が提供してくれた公園を楽しみにして見に来たのだが、肝心の噴水の水が止まってしまっている。早く何とかしたほうがいいのではありませんか、といわれたんです。それは間違いありません。ですから、私はすぐ、市川水道工事店に修理を依頼したんです」

と、桜井が、いった。

「町役場に電話してきた男の名前は、聞いたんですか？」

と、十津川が、きいた。

「いいえ、聞いていません。一応、お名前はと、尋ねたのですが、相手がすぐ電話を切ってしまったので」

と、助役が、いった。

「でたらめな電話ですかね？　それとも、いたずらか」

若い日下刑事が、十津川にきいた。

「たしかに、その可能性も否定出来ないが、そんなことで、わざわざ嘘の電話などかけてこないだろう」

と、十津川が、いった。

その点は、亀井も桜井助役も、同感だといった。

「もしかすると、日本パーマネント株式会社を嫌っている人間がいるのかもしれませんよ」

と、駐在所の巡査長が、いった。

「嫌いというと、例えば、どんなふうにですか？」

と、桜井が、きく。

「日本パーマネント株式会社は、工場の進出をかけて、二万坪の町有地を購入したわけでしょう？　しかし、資金の調達が出来なくなって、工場が作れなくなった。普通なら、何やってるんだといわれますよね。ところが、五百坪の土地を提供して、町民のための公園を作ったので、あの会社のことを悪くいう人がいなくなった。そういう日本パーマネント株式会社の姑息《こそく》なやり方に対して、腹を立てている人間がいるのかもしれませんよ。相変わらず工場は建たないのに、五百坪の土地を提供しただけで、町民に喜ばれてしまっている。そんな人間にとっては、噴水が勢いよく水を噴き上げているのを見ているだけで、腹が立つんじゃありませんかね。それで、水が止まっている、修理をしたほうがいいという嘘の電話をかけて、溜飲《りゅういん》を下げているんじゃありませんかね。そういう町民が、一人や二人はいるんじゃないですかね」

　と、巡査長が、いった。

「それで、うちの主人は、どうなっているんでしょうか？」

　と、明美が、十津川たちにきく。

　駐在所の巡査長が、

「ご心配ですよね。すぐ行方不明者届を出してください」

といい、市川明美を駐在所に連れていった。桜井助役も、噴水が出ているので安心して、町役場に帰ってしまった。残されたのは、十津川たち三人だけだった。

「どうなっているんですかね？」

亀井が、眉《まゆ》を寄せてきく。

「一見すると、別に何の事件も起きていないように見えるが、これまでのことを考えると、少しばかりおかしいね。何かあったんだ」

十津川は、ズボンの裾《すそ》をまくって、じゃぶじゃぶと池の中に入っていった。

「濡《ぬ》れますよ」

と、亀井が、いう。

「構わない」

といって、十津川は水面に顔を近づけて水の中を見ていたが、急に手を伸ばして、水の中に沈んでいるものをつまみ上げると、それを亀井に示した。

「何ですか？」

と、亀井が、きく。

「何かの紙片だよ」

週刊誌の半分ほどの大きさの紙切れである。そこには、パソコンで打ったと思われる文字が並んでいた。濡れて丸まっている。

十津川は、池から出ると、その紙片を近くのベンチの上に丁寧に広げていった。

十津川の顔色が変わってくる。紙片の上のほうに「青梅線レポート　１００枚の１」と書かれていたからだった。

3

パソコンで打たれた原稿のように見える。

しかし、実際の原稿の半分くらいがちぎれているので、文章が欠けている。

それでも、紙が乾いてくるにつれて、打たれていた文字が読みやすくなっていった。

まず一行目である。

「青梅線の周辺は実験に適し、」

そこで切れている。

そして、二行目。

「ＡＩ（人工知能）によって人類は」

で切れている。

三行目。

「人間の頭脳に代わってＡＩは今や」

そこで切れている。

十津川は目を細めて紙片全体を見つめた。

青梅線レポート　１００枚の１

１

青梅線の周辺は実験に適し、
ＡＩ（人工知能）によって人類は
人間の頭脳に代わってＡＩは今や
日本の技術は発展を続けこの
ここにもし世界の技術を凌駕《りょうが》する
人間は永遠の生命を手に入れるこ
三十年後ＡＩのＩＱ（知能指数）は一万を
ＡＩが二〇四五年人間の脳を超え
シンギュラリティが来ると人類は

「すぐ捜査本部に帰ろう」

と、十津川が、いった。

4

十津川は急遽《きゅうきょ》、三上本部長に頼んで、捜査会議を開いて貰《もら》った。

まず十津川が、噴水の池から拾ってきた一枚の紙片に書かれていた文字を大きく引き伸ばして、モニターに映した。

それを見ながら十津川が、この紙片を発見した時のことを説明した。

「この紙片は、日本パーマネント株式会社が、地元の人たちに提供した五百坪の土地に作った公園の噴水の池の中から発見しました。ここには『青梅線レポート　１００枚の１』と書かれています。そのまま受け取れば、百枚の原稿の青梅線レポートというものがあり、その百枚のレポートの一枚目ということになります。これが、われわれの探している青梅線レポートかどうかは分かりません。ただ、青梅線レポートという名前のものが見つかったのは、これが最初です。ですから、この紙片たった一枚の、しかも半分近い部分がちぎれてしまっている原稿の文字ですが、真剣に取り組んでみたいと思っているのです。まず一行目です。『青梅線の周辺は実験に適し、』とあります。このレポートを書いた人間は、何かを見て、青梅線の周辺が何かの実験に適していると思ったわけです。その実験というのは、あとの文字から、どうやらＡＩ、つまり人工知能の実験ではないか？　そして、その実験は、人間の生命に関することで、もしその実験が成功すれば、人間は永遠の生命を手にすることが出来る。そんな実験なのではないかと想像することが出来ます」

その十津川の言葉に、三上本部長が、まず質問した。

「人工知能とか永遠の生命とかは、世界中で研究されているんじゃないのかね？　私が読んだ本によると、アメリカの資産家が、自分が死んだら体を凍結してくれ、そして生命を作り上げられるほどに科学が発展したら、自分の体を解凍して永遠の命を俺の体に与えてくれ。そう遺言しているそうだ」

「ええ、部長のおっしゃる通りです。今、世界中が永遠の生命を手に入れようと競争中です。ここにきて、その競争に加わろうとする日本人が出てきたということかもしれません。彼は、たぶん全財産をつぎ込んで人工知能をどんどん発展させていき、その発展段階の頂点で、永遠の生命に結びついたら、それを手に入れたい。おそらく、そう考えているのだと思います」

と、十津川が、いった。

「それが青梅線レポートと、どう結びつくのかね？」

と、三上本部長が、きく。

「青梅線沿線がどういうところなのかを、考えてみました。ここは、東京という世界的な大都市と結びついています。そして青梅の先、奥多摩は自然そのものです。つまり大都市があり、自然がある。それも一、二時間の移動で、そのどちらにも行けるわけです。そうした青梅線の沿線というのは、人工知能、あるいは永遠の生命の実験場所として、もっともふさわしいのではないかと、このレポートの作者は考えているのだと思います。それゆえ、青梅線レポートと名付けたのではないでしょうか」

「シンギュラリティというのは、どういう意味かね？」

三上が、きく。

「あわててＡＩについて書かれた本を読んでみました。ＡＩはものすごい速さで発達していき、二〇四五年になると、ＡＩが人間の頭脳を超える。その時点をシンギュラリティと呼ぶのだそうです。それをプラスと受け取るか、マイナスと考えるかです。人類がＡＩを制御出来なくなると悲観的に考えることも出来るし、逆に、極小のＡＩ

を衰えた脳に取り込むことが出来れば、脳は生きかえる。つまり、新しい生命が生まれることになると考える人も出てくるというのです」

「そういえば、ＡＩで作られた囲碁や将棋のプログラムが、日本の名人や棋士たちに勝っているね」

「去年の末に作られた『マスター』と呼ばれる囲碁ＡＩは、非公式ですが、プロ棋士相手に、六十勝無敗の成績をあげているそうです。他にも『世界囲碁』も、三十勝無敗です」

「将棋も同じだろう？」

「そうです。去年、プロ棋士六人と戦って、ＡＩの方が五勝一敗です。見に行きました」

　と、十津川は、いった。

が、どこかで真相に迫れないもどかしさを感じていた。

コンピューター将棋の話ではなく、もっと怖い、社会問題に触れる話をしたいのだと、十津川はいら立っていた。

「その永遠の生命を手に入れようとしている人間は、何処《どこ》にいるのかね？」

　と、三上が、きいた。

「おそらく、その人間は、奥多摩にいます。今のところ、日本パーマネント株式会社の社長、木之内永世だろうと思っています」

「本当に、そう思っているのか？」

「疑っています」

「どうして、そう思うんだ？」

「まず、日本パーマネント株式会社という会社名です。パーマネントとは、永遠を意味します。また、木之内社長の名前は、永世です。永い世界という名前になっていますが、たぶん木之内社長は、自分が永遠の生命を手に入れたら、名前を変えるのではないでしょうか？　今のところ彼が手に入れたのは、長生き出来る技術で、永遠の生命を得る技術は、まだ手に入れてはいないと思うのです」

「しかしだね、日本パーマネント株式会社は、奥多摩に二万坪の土地を手に入れたままではよかったのだが、資金が続かなくて、工場が出来なくなった。二万坪の土地の上に、小さな事務所がポツンと建っているだけだというじゃないか」

三上が、首をかしげる。

「私も今までは、そう思っていました。しかし、ここに来て、ひょっとすると、工場は出来上がり稼働しているのではないかと思っています」

「そうか、日本パーマネント株式会社は、群馬の山奥に小さな工場を持っているそうだな。そこで永遠の生命についての研究をしているとでもいうのかね？」

「いいえ、違います。彼は奥多摩に二万坪の土地を手に入れました」

「しかし、まだ工場は出来上がっていない。そうだろう？」

「いや、工場はすでに出来上がっているのです。そこでは、木之内社長のために、永遠の生命についての研究が進められているに違いありません。たぶん、木之内社長一人のためにです」

「君のいう工場というのは、いったい何処にあるのかね？」

と、三上が、きく。

「例の奥多摩町にある二万坪の土地がそうです。想像を逞《たくま》しくすれば、あの二万坪の土地の下に、地下工場が出来上がっているに違いありません。地上の小さなビルは擬態です。ごまかしです」

「日本パーマネント株式会社と、木之内という社長は、どんなことを研究していると思うのかね？」

「永遠の生命、それを何とかして手に入れようとしていると考えます。一番簡単なのは、自分のクローンを作ることです。自分と全く同じ人間を作るのです。奥多摩の山の中で猿のクローンらしきものが死体で発見されたのを見ると、木之内社長は、地下工場でクローンの研究もしていたものと思われます。しかし、人間のクローンを作ることは禁じられていますし、急激に成長するために、おとなになる前に死んでしまいます。これは、クローンの牛や羊で証明されていますから、この研究は中止されている筈です。そうなると、あと考えられるのは、人工知能の研究です。今もいいましたように、去年、人工知能の将棋のプログラムと、プロの棋士が対局するのを見に行ってきました。結果は五対一で人工知能のプログラムのほうが圧勝しましたが、そのプログラムを作っている会社の社長に聞いたところ、これまでのプログラムは、ただ将棋の手を一万通り、あるいは二万通り記憶しているだけのものだったが、今のプログラムは違う。それぞれ癖があるし、コンピューター自身が将棋を指して、自分で研究している。したがって、放っておいても、どんどん強くなっていく。それだけ人間に近づいたといえるかもしれません。しかし、プログラムは、将棋では無類の強さを発揮しますが、将棋以外のことは何も出来ません。一プラス一の計算すら出来ないし、それでは永遠の生命を託すわけにはいきません」

「なるほど。それで？」

「そこで、木之内社長が考えている人工知能です。人間に出来ることは全て出来る。

しかも、人間の頭脳はせいぜいＩＱ二百ぐらいだが、こちらはＩＱ一万とてつもない。しかも、万能の人工知能を作り上げる。その人工知能を乗せる、人間の体に相当するものは、機械で構わない。内臓も心臓、胃、肝臓などは全て、機械で作られる。そのほうが人間の臓器よりも高性能で、病気になることもありませんし、疲れることもない。そうした人間が出来上がったら、それを何と呼べばいいのか。普通の人間よりも走るのも跳ぶのも、全て何倍もの力がある。そして、その体の上に乗っている人工知能は、人間の何百倍もの計算能力、思考能力、感情能力がある。もちろん、今までの自分の記憶も入っている。そうした、いわばスーパーマンが出来上がれば、それは、永遠の生命を手に入れたということになるのではないか。今、日本パーマネント株式会社の木之内社長が狙っているのは、そうしたモンスターのような超人間ではないかと思うのです」

5

「では明日、奥多摩に行き、君のいう地下工場というのが実在するかどうか、抜き打ちに捜査してみようじゃないか」

と、三上本部長が、いった。が、十津川は、

「それは必ず拒否されると思います。ＡＩの研究というのは、それ自体は違法ではありませんし、永遠の生命を研究しても、完成していなければ、これも違法ではありません。地下工場はあるだろうと思っていますが、中に入ることを拒否されれば、踏み込むことは出来ないと思います」

「それなら、どうすればいいんだ？」

「現在、三人の人間が行方不明になっています。奥多摩町役場の桜井助役の娘、桜井亜紀というカメラマンがいなくなっています。さらに温泉研究所の渡辺が、そして今回、噴水を直そうとした市川という水道工事業者も行方不明になっています。それらに日本パーマネント株式会社、あるいは木之内社長が関与した疑いがあれば、その行方不明者を捜索するという名目で、令状が取れると思いますが、今のところは、まだ日本パーマネント株式会社も木之内社長も容疑者というわけではありませんから、令状は取れないと思います」

と、十津川が、いった。

「確かに難しいが、それでは、どうすればいいんだ？」

三上本部長が、怒りのこもった声で、同じことをきいた。

「時間をください。もう少し調べさせて頂きたいのです」

と、十津川が、いった。

6

十津川は、刑事たちを集めて、今後の捜査方針を検討した。

最初に、十津川が、自分の考えを刑事たちに示した。

「私は、あの場所に、日本パーマネント株式会社の地下工場があると思っている。ここにきて、そのうちの五百坪を奥多摩の町に無償提供して、公園とした。一種の買収だろうが、それ以上に、木之内社長の目的は、地下工場の騒音が外に洩《も》れるのを防ぐためだろうと思っている。そのためにわざわざ噴水を作り、循環式で二十四時間、水を噴き上げさせるようにした。水の音で地下工場の騒音を消すことが出来るからね。ただ、近所の人は気付かなかったようだが、一時的に故障して水が止まった瞬間があったのだと、私は思っている。そこで、市川大樹という水道工事業者が修理にやって来た。市川は水のなくなった池の中に入り、循環式のポンプをいじったりしているうちに、たぶん地下工場に転落してしまったんだ。その時、これも私の想像なんだが、地下工場にあった青梅線レポートという百枚の原稿の一ページ目が外れて、それをわれわれが手に入れたんだ」

「そうすると、地下工場に落ちた市川大樹は、どうなったとお考えですか？」

と、刑事の一人が、きいた。

「たぶん、殺されたか、監禁されているかのどちらかだろうと思う。桜井助役の娘、桜井亜紀も同じような目に遭っている可能性が強い」

「それについて、一つ質問があるのですが」

と、いったのは、西本刑事だった。

「何だ？」

「どうして、日本パーマネント株式会社の木之内社長は、地下に二万坪もの工場まで作って、内密に研究しているのでしょうか？　なぜ、おおっぴらに研究しようとしないのでしょうか？」

「たぶん、それは彼が永遠の生命といったものを、自分一人のものにしたいからではないかと、私は思っている。彼が、どんな研究者を使い、どこまで研究が進んでいるのかは分からないが、永遠の生命を手に入れようとしていることは間違いない。しかし、それを他人が所有するのは、我慢が出来ないんだ。永遠の生命は、自分一人のものにしたい。独占したいんだ。独占すれば、彼はどんなことでも出来る」

「例えば、どんなことを彼はしようとしているのでしょうか？」

「たぶん、日本国の支配だよ。永遠の生命を持つ者は、彼一人で十分だ。そうなれば、日本国の支配が出来る。その第一歩として、彼は、わざわざ奥多摩の土地の地下に工場を作った。青梅線レポートにあるように、青梅線の沿線は、格好の実験場だ。大都市があり、ベッドタウンがあり、そして、自然がある。実験をするには最良の場所だと、彼はそう考えているんだ。まだ彼は永遠の生命を手に入れていないから、何もしないでいるが、もし手に入れたら、まず青梅線沿線を支配しようとするだろう。そして次には、東京という大都市を支配する。最後には、日本という国家全体の支配だ」

「彼は、どの程度まで永遠の生命を手に入れたのでしょうか？」

「たぶん、五十パーセントくらいだろう。人間の機械的な部分は、すでに出来上がっている。まだ出来ていないのは、その機械に乗せる人工知能だと思っている」

「どうして、警部は五十パーセントだと考えておられるのですか？」

「それは、桜井助役がもらってきた、小さなおもちゃのようなロボットがあっただろう。同じロボットなのに、木之内社長が作ったロボットのほうは、かなりのことが出来る。組み込んだ人工知能が優秀なんだ。だから、恐るべき能力を発揮した。最後には自爆したロボットも、彼が作ったものだろう。あれを見ると、機械に乗せる人工知能についても、相当のところまで完成している筈だ。もし、満足出来るレベルに達していれば、それを万能の機械人間の頭脳として組み込み、工場から出てくるだろう。その時は、休むことなく廻転するＩＱ一万の人工知能と、強力な機械が結合した、恐るべきモンスターとして、青梅線の支配に乗り出してくる筈だ」

と、十津川が、いった。

7

二日置いて、十津川は、亀井を誘った。

「日本パーマネント株式会社を表敬訪問してみよう」

と、笑顔で、いった。

「地下工場があっても、入れては貰えませんよ」

と、亀井が、いう。

「いや、そんなマネはしないよ。今日われわれが訪ねるのは、小さな地上の事務所のほうだ」

「地上の事務所を見ても仕方がないんじゃありませんか？」

「たしかに、カメさんのいう通り、仕方がないかもしれない。だが、何らかの反応がある筈だ」

といって、十津川は、立ち上がった。

二人はわざとパトカーは使わず、青梅線を利用して奥多摩に向かい、日本パーマネント株式会社の二万坪の敷地に入っていく。

相変わらず小さくて、貧弱なビルだけが目に入る。

十津川は、三階の社長室で木之内社長に会った。社長室の大きな机の上には、コンピューターゲーム機が置いてあった。

「これは、こちらで作ったゲーム機ですか？」

と、十津川が、きくと、

「工場が建てられないからといって、従業員をいつまでも遊ばせておくわけにもいきませんから、手作業で作れるものをと思って、将棋ゲームを作ったのですが、これが、評判がいいんですよ」

と、社長が、いう。

「カメさん、君は将棋が得意だから、一戦交えてみたらどうだ？」

十津川が、けしかけた。

そこで、亀井と木之内社長、というより日本パーマネント株式会社が作った将棋のプログラムとが戦うことになった。

十五、六分で、あっさりと亀井が負けてしまった。

その後、急に木之内社長が、

「急ぎの仕事が出来たので、失礼します。三十分ほどで戻ってきますから、それまで待っていてくださっても結構です」

といって、社長室を出ていった。

「社長室を留守にするなんて、何とも無用心ですね」

亀井が、いう。

「留守にするように、ちょっと細工をしたんだ」

十津川が、笑った。

「どんな細工をしたんですか？」

「われわれが手に入れた青梅線レポートの一ページがあったろう？　あれをコピーして、昨日のうちに、駐在所の巡査長に渡しておいたんだ。公園の噴水を見に行ったら、池の中にこれが浮かんでいた。そういって、木之内社長に渡してくれと頼んでおいたんだよ。たぶん、社長にとって、あの紙片は公表されたくないものだろうから、あわてて駐在所の巡査長に会いにいったんだ」

と、十津川が、種明かしをした。

二人は、社長室の窓を開け、眼下に広がる二万坪の土地を見渡した。

雑草の繁った土地ではなくて、今は灌木《かんぼく》が等間隔に植えられていた。どれも常緑樹で、枝が伸び、葉が繁っているので、パッと見ると、低い森のようにも見える。

「税金対策ですかね？」

亀井が、呑気《のんき》なことを、いった。

ただの土地では税金が高いが、木を植えれば、税金が安くなる。

「よく見れば、木の陰に地下工場に続く通風口が取りつけてあるんじゃないか。二万坪の巨大な地下工場だから、何よりも空気の清浄化が必要だろうからね」

と、十津川が、いった。

翌日、十津川は、秘《ひそ》かにドローンを二台持ち込んで、上空から二万坪の土地を撮影することにした。

十津川は、地下工場があると確信しているから、何らかの証拠が集まるのではないかと考えて、二台のドローンを持ち込んだのである。

しかし、一時間以上にわたって、執拗《しつよう》に上空から撮影をしたが、生い茂った枝葉に邪魔されて、地下工場の通風口らしいものは発見出来なかった。

一応失敗だったが、これだけやれば、相手が何らかの反応を示してくるだろうと、十津川は期待した。しかし、三上本部長に呼びつけられ、叱責《しっせき》されてしまった。

「奥多摩町議会と日本パーマネント株式会社の連名で、抗議の文書が届いている」

と、三上が、いった。それが、最初の反応だった。

8

「奥多摩は自然の美しいところだが、同時にまた、過疎の町でもある。

そこに一番先に進出してくれたのは、日本パーマネント株式会社である。現在のところ、まだ工場は稼働していないが、着々とその準備が進められている。

そんな時、警視庁捜査一課が捜査をするだけではなく、ドローンを飛ばして、上空から撮影した。これは明らかに、日本パーマネント株式会社を疑い、その事業を妨害する行為である。

この件については、日本パーマネント株式会社とともに、工場進出を計画した奥多摩町議会も抗議をするものである」

これが、日本パーマネント株式会社と奥多摩町議会が連名で、警視庁捜査一課長宛てに送ってきた抗議文書だった。

十津川は、三上本部長の叱責に、一応頭を下げたが、逆に気分は高揚していた。

心配して亀井刑事たちが声をかけてきてくれた時、十津川がいった。

「これも、期待していた反応の一つだよ。もし、日本パーマネント株式会社がまだ稼働の準備段階なら、こんなに過剰な反応を示してくることはあり得ない。そう考えると、かなりのところまで進展していて、何者にも邪魔されたくないに違いないのだ」

「それでは、どう対応しますか？」

と、亀井が、きく。

「純粋に行方不明者の捜索ということで、令状を請求してみよう」

「どんなふうにですか？」

「現在、行方不明者が出ている。若い女性カメラマンの桜井亜紀は、青梅線レポートという言葉を口にしていた。水道工事業者の市川は、五百坪の公園の噴水を修理しに行ったことは分かっている。そして、青梅線レポートの紙片だ。この二人を捜すために、もう一度、日本パーマネント株式会社について、捜査したいし、公園の噴水を掘り下げたいという令状を請求してみようと思っているんだよ」

「地下工場のこともＡＩのことも、わざと触れずにですね？」

「そうだよ。純粋に、二人の行方不明者の捜索だ。特に、公園の噴水を掘り下げていけば、地下工場に行きつくかもしれない。それを期待しているんだよ」

と、十津川は、いった。

十津川は、慎重に東京地裁宛ての文書を作った。

地下工場のことにも、ＡＩのことにも触れず、ひたすら行方不明者の捜索をすることを強調した。

三上本部長も、あっさり賛成してくれた。

ところが、いくら待っても令状が下りないのである。

そのうちに、十津川は、三上本部長に呼ばれた。

（やっと、令状が下りたらしい）

と思って刑事部長室に行くと、三上は難しい顔で、こういったのである。

「これは、上からの指示だが、十津川班は殺人事件の捜査に専念するようにということだ」

「よく分かりませんが？」

「中野の飲み屋街で男が殺された事件は、殺人事件だから、その捜査に専念すべきだが、他の二件は、どちらも失踪《しっそう》事件で、殺人事件ではない。本来、捜査一課が担当すべきではなく、所轄署に委《まか》すべきであるから、直ちに捜査対象から外すようにという指示だ。したがって、桜井亜紀と、市川大樹に関する捜査は、今日から所轄署が担当することになった」

「――――」

十津川は、言葉を失った。

「以上だ」

と、三上が、切り捨てるようにいった。

「確かに、桜井亜紀と市川大樹の件は失踪で、殺人事件ではありませんが、犯人や動機などは、中野の殺人事件と同一だと確信しています」

「私だって、分かっている」

「それなら、今まで通りに捜査させて下さい」

「駄目だ」

「なぜですか？」

「上からの指示といったが、実際には命令だ。それ以上、聞くな」

と、三上が突き放すようにいった。

それから先は、迅速だった。

その日のうちに、桜井亜紀と市川大樹の二人の捜索は、所轄署に移管された。呆れるほどの素早さだった。

十津川にとって、唯一の慰めは、刑事の数を減らされなかったことだけである。

その刑事たちは、誰もが怒っていた。

「二人の失踪人をわれわれから取り上げたのは、副総監ですかね？　まさか、総監ということはないと思いますが」

と、亀井が、いう。

十津川は、間を置いて、

「私は、どちらでもないと思っている」

「しかし、総監か副総監以外に、誰がわれわれに命令するというんですか？」

「カメさんは、永遠の生命が欲しいか？」

と、十津川は、いきなりきいた。

「そうですねえ。年齢を取るにつれて、いつまでも生き続けたいと思うようになっています」

「私はね。今度の件について、最初から総監や副総監は関係ないと見ているんだよ」

「なぜですか？」

「この二人なら、捜査に口を挟んでも、所轄署に移してしまうようなことはしない筈だ」

「その先を教えて下さい」

「総監や副総監以外の人間が、事件に入ってきたと思っている」

「誰ですか？」

「カメさんは、誰だと思う？」

「総監より力のある人間といったら、政治家、それも大臣クラスということになってきますが」

「私は今まで、永遠の生命を手に入れたがっているのは、日本パーマネント株式会社の木之内社長一人と考えていたんだが、もう一人いたんだよ。木之内社長の友人、あるいは後ろ盾というのか、政治家だよ。彼も、永遠の生命と高度の知力を手に入れ、身体は機械を使ってモンスター化し、それで日本を支配する。そう考えた人間が木之内社長と二人で、日本支配を実現しようとしていると、私はそう考えている」

「木之内社長一人の場合よりも、野心家の政治家が加わった場合の方が、危険な気がします」

「同感だ」

「これから、どうしますか？」

「分からないように、これからも、桜井亜紀と市川大樹の二人の捜索を続ける。そうしないと、私たちの日本が危険になるかもしれないからね」

と、十津川は、いった。

第五章　侵　入

1

十津川は迷っていた。

彼自身、公務員の一人である。したがって、上司の命令に背いての単独行動は、取ることが出来ない。

そうした十津川の悩みを見ていて、刑事たちが夜半に捜査本部を抜け出し、問題の工場への潜入を考えた。

行動を起こしたのは、若い三田村《みたむら》刑事と、女性刑事の北条《ほうじょう》早苗《さなえ》の二人だった。

奥多摩町は、さすがに自然が豊かだから、夜ともなれば、町の一角を除いて、暗く静まり返っている。

二万坪の工場敷地も同じだった。小さな事務所も、夜には明かりが消えている。その二万坪の土地の下に地下工場が隠れているのではないかと、刑事たちはにらんでいるのだが、明かりの洩《も》れもなく、静まり返っている。

三田村と北条早苗は、鉄柵《さく》の中に忍び込み、用意してきた超音波受信機を地面に押し当てて、地下の振動を探ろうとした。

しかし、それらしい反応が、一向に聞こえてこない。

「おかしいな」

と、三田村が、小声でいった。

「もし、この地下に工場があるとすれば、何か声が聞こえてきたり、物音がしたりする筈《はず》だ」

「たしかにそうね。それがないということは、用心して、夜の間は稼働を中止しているのかもしれないわ。昼間なら周囲の音に紛れて、機械を動かせるかもしれないけど」

と、早苗が、いった。

「どうする？」

「まず地下工場への入口を探しましょう。それが分からなければ、何も出来ないわ」

と、早苗が、いった。

しかし、二人がいくら注意深く探しても、地下工場への入口らしきものは、何処《どこ》にも見当たらなかった。

「入口はないのかな？」

と、三田村が、いった。

「そんなことはないわ。実際に地下で働いている人たちがいるでしょうから、入口は、どこかに絶対ある筈よ。多分、あの小さな事務所の中に入口があるんだわ」

と、早苗が、いった。

三階建ての小さな古びたビル、こちらのほうは侵入が楽だった。一階の入口に鍵《かぎ》がかかっていなかったし、人もいなかった。

中に入る。暗い。

二人は、用意してきた懐中電灯を点灯し、まず一階を調べてみた。

だが、そこには地下への入口らしきものは、何処にもない。

エレベーターがないので、二階、三階と階段を上がっていく。

しかし、二階と三階の造りも一階と同じで、ただの事務所にしか見えなかった。

三階には社長室があるが、使われている形跡はあまりない。

「やはり、入口があるとすれば一階だな」

と、三田村がいい、二人はまた一階まで降りていった。

壁を叩《たた》き、床の一部を剝《は》いでみた。

しかし、何処にも空洞らしきものは見つからなかった。地下への階段もない。

「どこにも変わったところはないわ。でも、どこかに必ず、地下への入口がある筈」

(なければおかしいのだ)

と、早苗も三田村も思っていた。

「こうなると、やっぱり三階だわ。三階の社長室よ」

と、早苗が、いった。

「そうだな。これだけ一階を探しても見つからないのなら、そう考えるしかない。しかし、僕たちが探しているのは地下への通路だろう? 一階にないものが、どうして三階にあるんだ? 普通に考えれば、あり得ないことだよ」

と、三田村が、いう。

「たしかにそうよ。普通では考えられないわ。でも、そうやって地下工場への通路を、巧みに隠しているんだと思う。たいていの人が、地下には一階から入るものだと思っている。だから、三階というのは、盲点になるわ」

「三階にあるとは、僕にも、とても思えないんだが」

三田村が呟《つぶや》いたが、もう一度、二人は三階に上がっていった。

三階の大部分を占めているのは社長室である。もし、三階に地下工場への通路の入口があるとすれば、この社長室しか考えようはないとみて、二人は、もう一度丁寧に調べていった。

社長室には、大きな金庫があった。頑丈そうな扉がついていたが、意外と簡単に扉は開いた。中に入っていたのは、小さなロボットだった。

それを見るなり、三田村は、あわてて扉を閉めた。

その小さなロボットが、こちらの行動を監視しているように見えたからである。

二人は、ロボットの怖さを嫌というほど、知っていた。

「万が一の時には、金庫の中に入っていたロボットが、自爆するようにセットされているんだろう。この事務所が破壊されて、地下工場への通路が完全にふさがれるようになっているんだ」

と、三田村が、いった。

「たしかに、あなたのいう通りかもしれないわね。でも、それなら、いったい何処に、この事務所から地下工場に行く通路があるのかしら？」

「もう一度探してみよう」

と、三田村が、いった。

現在、時刻は午前一時三十分である。夜明けまでに地下工場に行く通路を発見出来なければ、今日は退散するより仕方がない。

「それにしても、やたらにトイレの数が多いビルだな」

と、三田村が、いった。

社長室の中にも専用のトイレがあった。それなのに、他に三つのトイレが並んでいるのだ。

「このビルでおかしいのは、トイレの数だけだ」

と、三田村がいい、一つ一つトイレの扉を開けていった。

「やはりおかしい」

と、三田村がいう。

「一階には、トイレが一つもなかった。二階もそうだ。それなのに、どうして三階には、社長室も入れて四つもトイレがあるんだ？　普通なら逆じゃないか」

「たしかに、おかしいわね。その中の一つが地下工場への入口になっているのかもしれないわ」

と、早苗が、いった。

だが、そのトイレの中に入っても、どうすれば地下への進入口になるのか、見当がつかなかった。

二人は三階に三つあるトイレに順番に入り、そこにあったボタンを、手当たり次第に押していった。

しかし、いくら繰り返しても、二人が期待している地下工場への通路は、一向に姿を現さないのである。

しばらくすると、二人は疲れ切って、小さく溜め息をついた。

「どうして、この部屋に、三つもトイレが並んでいるのだろう？」

三田村が、改めて疑問を口にした。

「もし、トイレが地下への入口なら、三つも要らない。一つあれば十分じゃないか」

「たしかにそうだけど、現実に、ここにトイレが三つ並んでいるわけだから、その理由が分からない限り、地下へは行けそうもないわ」

早苗はいい、一瞬考えてから、

「例えば、順列組合せみたいなもんじゃないのかな？」

と、いった。

「それ、どういう意味？」

「三つのトイレに、何か同一の数字のようなものがあって、それが並ぶと地下への通路が現れる。そんな仕組みになっているのかもしれないわ」

「よし、とにかく、それでやってみよう」

と、三田村が、いった。

可能性が生じたら、それを試してみるよりほかに仕方がない。

二人は、次々に三つのトイレの中に入り、さまざまなボタンを押していった。

しかし、依然として何事も起こらない。音がしたり、水が流れたりはしたが、地下への通路が開く気配は一向にないのである。

最後には自棄《やけ》を起こして、二人は、一番手前のトイレにあった全部のボタンをいっぺんに押してみた。

途端に、そのトイレが、ゆっくりと沈み始めた。床がトイレごと、ゆっくりと沈んでいくのである。

二人は顔を見合わせて、用意してきた拳銃《けんじゅう》を取り出した。万が一に備えて、拳銃を持参してきていたのである。

床の動きが止まる。背後の壁が開く。

しかし、そこに見たものは、二人の予想とは違っていた。

二人は、地下工場が深夜でも稼働していて、地下への扉が開けば、機械の音が反響していたのではないかと想像していたのだが、何の音も聞こえてこなかったのである。

「寒いね」

と、三田村が、いった。

壁が開くと同時に、暗い空間の奥から冷たい空気が流れてきたのだ。

「このくらいの冷たさが、コンピューターにとっては適温なのかもしれないわ」

と、早苗が、いった。

人間を中心に考えれば、この地下の空気は、たしかに冷たい。

ただ、コンピューターにとっては、このくらいの低温が、むしろ適温なのかもしれなかった。

二人は懐中電灯で、周囲をくまなく照らしてみた。

すると、光の中に現れたのは、コンピューターの林だった。巨大なコンピューターが、ずらりと並んでいるのである。

そして、耳を澄ますと、うなり声のような低い機械音が、かすかな音を立てていることに気がついた。

しかし、人間の姿はない。

二人は、通路を奥に向かって歩いていった。

扉にぶつかる。

しかし、その扉がどうすれば開くのかが分からない。

三田村刑事がその扉の錠と思われるところに拳銃を撃ちこもうとした時、それに反応するかのように、扉がゆっくり開いていった。

次の部屋に入る。

そこは、さらに室温が低かった。まさに凍るような寒さである。

そこには等身大のケースが並び、人形が横たわっていた。いや、二人は最初、人形かと思ったのだが、よく見ると、どうやら本物の人間のようだった。

そのケースの頭の部分には、数字が並んでいた。その数字が時間の経過とともに、ゆっくりと変わっていく。時刻を示しているのか。

ケースは全部で十二個あった。それぞれに人間が入っていて、静かに眠っている。いや、三田村にも北条早苗にも、眠っているようにしか見えなかった。

さらに、ケースにはローマ字で書かれた名前と、その経歴を示すような文字が並んでいた。

「桜井亜紀の名前があったし、渡辺和之や市川大樹の名前もあったわ」

と、早苗がいうと、三田村が、

「ここで、人間の冬眠実験をしているのかもしれないね」

寒さに震えながら、いった。

二人は、その寒さを避けるように、さらに通路を進んでいった。

第二の扉は、簡単に開いた。

しかし、二人の刑事には、自分たちが奥に進んでいくというよりも、奥に導かれていくという感覚のほうが強かった。

その部屋には、等身大のロボットが並んでいた。広い部屋である。ロボットの数は、少なくとも五十体はあるだろう。

二人の刑事は突然、通路で立ち止まった。五十体のロボットが一斉に、顔を刑事たちのほうに向けたからである。

（襲われるのか）

二人は一瞬覚悟したが、ロボットたちは顔をかすかに動かしただけで、それ以上動こうとする気配はなかった。

ただ、二人の刑事が通路を一歩ずつ進むたびに、五十体のロボットの顔が一斉に動いて、その目が二人の刑事に、じっと向けられているのである。誰かが、あるいはロボットのリーダーが、「襲え！」と命令したら、二人はたちまち八つ裂きにされるだろう。

三田村と北条早苗は、ロボットたちの目から逃げるようにして、次の部屋に入っていった。

その部屋では、あらゆるものが動いていた。さまざまな形の機械があった。いったい何を作っているのか、二人の刑事には判断がつかなかった。おそらく、ここが地下工場の心臓部なのではあるまいか？

三田村がケータイを取り出して、十津川に連絡しようと思ったが、すぐに諦《あきら》めてしまった。地下だからか電波が届かず、どこにも通じないのだ。ケータイとしての機能が失われてしまっている。

二人は、最後の通路の途中まで来て、身動きが取れなくなってしまった。目の前にある扉は開かず、後ろの扉は閉まってしまったからである。

「そこまでだ」

男の声が、いった。

「君たち二人のことは、全て調べ尽くしてある。君たちがここに侵入し、そこまで来る間に、君たちのことを全部調べたんだよ。コンピューターは、素晴らしい。そこで、まずは大人しく、こちらの指示に従いたまえ。拳銃、警察手帳、身分証明書、ケータイ、キーホルダー、そうしたものを全て、壁に開いている穴から捨てることを命令する」

「もし、捨てなかったら、どうするつもりだ？」

と、三田村が、きいた。

「捨てるか、捨てないかは君たちの自由だが、拒否すれば、こちらの操作で、君たちがいる部屋は、高熱に支配されることになる。その温度がどんなものなのか、君たちには分からないだろうが、人間は一瞬にして蒸発してしまうんだよ。骨が残るとか、髪の毛が残るというような話ではない。君たち二人は、アッという間に、気化してしまうのだ。それぐらいの高熱だ。あと十五秒だけ猶予を与えよう。その間に、今、私がいったもの全てを壁の穴の中に投げ込まなければ、君たちは蒸発する」

と、天井から聞こえてくる声が、ゆっくりとした口調で、いった。

二人の刑事は仕方なく、拳銃、警察手帳、ケータイなどを取り出して、壁に開いている穴に投げ込んだ。

シューッという音が聞こえたが、それで終わりだった。そして、目の前の扉が開いた。

二人は一瞬、目まいのようなものを感じた。その部屋が、想像していたものとは全く違っていたからである。

機械と呼べそうなものは、何もなかった。

そこは、まばゆいばかりに豪華な、たぶん十八世紀の王侯貴族が住んでいたとしたらこんなところだろう、と思われるような広い部屋だった。深々としたソファ、ロココ調の応接セット、光り輝くシャンデリアがあった。

部屋には、三十人くらいの男女がいた。中央の椅子に腰を下ろしているのは、日本パーマネント株式会社の社長、木之内だった。

その横には、七十代の小柄な男が座っていた。どこかで見た顔である。

二人の刑事は、同時に思い出した。

現職の副総理、鏑木豊《かぶらぎゆたか》である。たしかガンを患って、現在は有名な総合病院で治療をしている筈の有力政治家だった。

ほかの男女の中には、二人の刑事が知っている顔もあれば、全く知らない顔もあった。

木之内社長が、二人に向かって、いった。

「立っていないで、取りあえず座りたまえ。君たちは時間を間違えた。あと一日待てば、この青梅線沿線で全てが変わるところを目撃出来たんだがね。それを丸一日早く来てしまったために、君たちは、その変化を見ることが出来なくなった。われわれとしては、一人でも目撃者が多くなることを希望していたのだが、残念だよ」

「いったい何をするつもりなんだ？」

と、三田村が、きいた。

「今いった通りだよ。まず第一の実験として、青梅線の沿線を、われわれが支配する。それに成功したら、次は東京という大都会を支配する。その後は、支配地区を徐々に広げていく。東京の次は関東地方、次は東日本、最後は日本全国を、われわれが支配するのだ」

「そんなことが出来ると、本気で思っているのか？」

「もちろん、出来ると思っている。今ここには三十人の人間がいる。いや、正確にいえば、三十体のサイボーグだ。私と彼らが日本を支配するんだよ。そして、日本は世界でもっとも強い国家になるのだ。誰も、それを止めることは出来ない。分かったかね？」

「バカバカしい」

と、早苗が、いった。

木之内が、笑った。

「君たちは、人間そのものがＡＩ（人工知能）化した怖さを知らないのだ。彼らは、すでに人間ではない。ポストヒューマンだよ。彼らを使って、日本を支配するのだ。その前に、私自身がサイボーグ化したところを見せてやろう」

彼が手に取ったのは、リンゴだった。それを反動もつけずに、いきなり二人の刑事に向かって投げつけた。

三田村刑事の顔のすぐ横を、猛烈なスピードでリンゴが通りすぎ、背後の壁にぶつかって砕け散った。

木之内社長が、ニッコリしながら、

「今、プロ野球の選手が、時速百七十キロのスピードボールを投げることが出来るかが話題になっているが、私なら時速二百キロ、いや、三百キロのスピードで投げることが出来る。その力は日々、向上しているので、まもなく時速千キロのスピードでボールを投げることが出来るようになる。拳銃と同じスピードだ。そうなれば、弾丸をよけることも可能だ」

と、いった。

「どうして、そんなことが出来るんだ？」

と、三田村が、きいた。

「ＡＩの研究が、いよいよ最終段階に到達したということだよ。今までＡＩは格段の進歩を遂げたが、人間の脳のほうは、ほとんど進歩していなかった。それが、ここに来て変わったんだ」

と、木之内社長が、いった。

「何が、どう変わったんだ？　俺でも分かるように説明してくれ」

「人間の意識や記憶という脳の働きそのものを、ロボットに移すことに成功したんだよ。それがどんなにすごいことなのか、君たちには、分からんだろうね。完全にロボット化した私の体に、私の脳を乗せることに成功した。つまり、こういう形で永遠の生命を手に入れたのだ。今や世界中で、私に敵う者はいない。私の肉体は機械化され、どんな相撲取りや格闘家、スポーツ選手よりも強靭《きょうじん》で力がある。機械化した身体を動かすのは、私の脳なんだ。その脳も平凡なものであってはならない。人間の知能指数は百から、よくてもせいぜい二百くらいだろう。ところが、私の知能指数は、いくつだと思う？　今や二万にもなっている。二万だよ。その数字がどんなに素晴らしいものなのか、君たち凡人には分からないだろう。その知能指数二万の脳に、限りないパワーを持つ肉体が備わったんだ。ここにいる人たちは全て、私と同じような形で永遠の生命を手に入れている。たった三十人、それに、ここに来るまでの間に、君たちが見てきた兵隊たちがいただろう？　それだけの少ない人数でも、日本という国を支配するには十分なんだよ。そして、いよいよ明日から、その実験が始まる。しかし、君たちにはその前に死んで貰《もら》わなければならないから、それを見ることが出来ない。残念だね」

　木之内社長が、また笑った。

「殺されることは分かったが、その前に、地下でいったい何が起きているのか、それが知りたい」

　と、三田村がいい、北条早苗も、

「私も同じ。どうせ死ぬのなら、それを知ってから死にたい」

「時間かせぎだろうが、話してやろう。君たちが、はたしてどこまで理解出来るかは分からないが、この地下で何が行われているのかを教えてやる」

　と、木之内社長が、いった。

「ここ数年、ＡＩは進歩を続けてきた。しかし、今後どうなるかは、まったく予測がつかなかった。問題は、ＡＩの進歩と人間とを、どう融合していくかということだ。ただ単にＡＩが進歩しても、人間の生命に限界があれば、それは人間にとってほとんど役に立たない。人間が永遠に生きられることになって初めて、ＡＩの限りない進歩が、人類にとって恩恵になる。ここでは、ＡＩと人間とがどう融合していくかを研究して成功した。さっきもいったように、われわれ人間と優れたＡＩとが一緒になったんだよ。ＡＩが人間になった。逆にいえば、人間がＡＩになった。人間は神になったともいえるし、サイボーグになったといってもいい。永遠の生命を得て、限りない力を手に入れた。それが新しい人間なんだよ。ここにいる者たちは、その新人類なんだ。ＩＱ二万の知能と限りない強靭な力を持っているんだからね。われわれには誰も抵抗することが出来ない。そのことを明日、証明する。だが、君たちは、その前に死ぬんだ。それも高熱の中で、一瞬のうちに気化する。素晴らしい死に方じゃないか」

2

二人の刑事が連れて行かれた部屋には、彼らよりも先に、若い二人の男女が投げ込まれていた。

驚いたことに、その男女は、警察が必死になって行方を捜していた桜井亜紀と、市川大樹だった。

「君たち二人を、冷凍室で見たよ」

と、三田村がいうと、桜井亜紀が、

「あれはロボットですよ。昔は人間を冷凍にして、未来まで生きていけるかどうかを調べたらしいのですが、それが無理だということが分かったので、今度はロボットを冷凍して、その反応を調べるんですって。何度の冷たさだったらどうなるか、あるいは、何度の熱さだったら耐えられるのかを調べて、自分たちの手足となって働く兵隊を作るんだと、そんなふうにいっていましたよ」

と、教えてくれた。

「木之内社長が明日、何かの実験をするらしい。そして、その前に、われわれを高熱の中で、気化させてしまうらしい。そういっていたよ」

「それは、広島の原爆以上ですよ。あの時、原爆の直下にいた人たちには、三〇〇〇度の熱風が襲いかかってきましたが、それでも一瞬のうちに気化することはなかったんです。あの社長は、それ以上のことを、私たちを使って実験するつもりですよ」

「そんなことはごめんだ。俺は、何とかして逃げたい」

と、市川大樹が、いった。

「この部屋から逃げ出すことは出来ないの？」

北条早苗が、きいた。

「それは無理だと思います」

「どうして？」

「何しろ、中からはドアが開かないようになっていますから」

と、桜井亜紀が、いった。

「それじゃあ、殺されるのを、ただじっと待つだけか」

と、市川大樹が、青ざめた顔でいった。

「いや、まだ諦めることはない。たった一つだけだが、助かる道がある」

と、三田村が、いった。

「何ですか、それは。そんな方法があるんですか？」

と、桜井亜紀が、きく。

「唯一の助かる方法は、私と北条早苗刑事がいなくなったことを上司が知って、この地下工場を捜索してくれること。それを期待するだけです」

と、三田村が、いった。

3

中野の捜査本部では、三田村刑事と北条早苗刑事の二人がいなくなったことに気付いて、他の刑事たちに非常招集がかけられた。

「二人の行く先は、奥多摩の例の地下工場だ。そこしか考えられない」

と、十津川が、いった。

「どうやら、二人とも拳銃を持っていったようです。保管庫の中から二丁なくなっています」

と、亀井が、いった。

「そうか。それは、かえって危ないな。すぐ奥多摩に行こう」

と、十津川が、いった。

刑事たちはパトカーに分乗して、奥多摩に向かった。

すでに午前三時である。あと二時間もすれば、夜が明けるだろう。そうなれば、かえって二人は危ないと、十津川は思っていた。

青梅市内を抜けると、周囲は突然、田園風景になる。

「何か変だな」

　十津川が、いった。

「そうなんですよ。私もさっきから、何となく変だなと思っていたのですが、明かりがついていないんですよ」

　亀井が、いった。

「ただの停電ならいいのだが、そうではなさそうだな」

「たしかに、ただの停電ではないようですね。マンションのベランダに出て、何か叫んでいる人間もいます」

　走るパトカーの中から、十津川は、東京電力に電話をした。

「こちらも困っているのです。停電の原因が分からないのですよ。現在、青梅線沿線の約半分が停電しています」

　と、答えが返ってきた。

　奥多摩の町も暗かった。おそらく、こちらでも原因不明の停電が起きているのだ。

　もちろん、地下工場のある場所も暗い。

　十津川と刑事たちは、事務所のあるビルの中に入っていった。

　こちらも暗い。刑事たちは懐中電灯を取り出した。それを持って、一階、二階、三階と調べていく。

「二人は間違いなく、この建物に入ったようですね」

と、亀井が、いった。

「分かるか？」

「ええ、この壁を見てください。ここにH&Mと書いてあります。これは、あの二人が残していったサインですよ。明らかに、この事務所に来ているんです」

「捜査本部に戻ってきていないということは、地下工場に潜入して、今もそこにいるということになるな」

「地下工場の入口を探しましょう」

と、亀井が、いった。

刑事たちが入口を探し始めた。

だが、なかなか見つからない。

三階を調べていると、いなくなった二人の刑事と同じように、トイレが三つも並んでいるのはおかしいという刑事がいた。

しかし、どう調べてみても、その三つのトイレが地下工場への入口のようには見えなかった。

「今、二人は、何処にいると思う？」

十津川が、亀井にきいた。

「地下工場に潜入して、そこで捕まったと思います。捕まっていなければ、絶対に、われわれに連絡してくる筈ですから」

と、亀井が、いった。

「カメさんのいう通りだろう。何処にいるのかが分からないと、助けることも出来ないな」

「時間がありません。青梅線の沿線の半分くらいが、人為的に停電状態になっていますから、連中は何かやる気なんですよ」

「それならば、まず生命の安全だ。どうしたら助けることが出来るのかを、みんなで考えるんだ」

「地下工場への入口が見つかりませんから、力ずくで助けるわけにはいかないでしょう」

「換気孔がある筈だ」

と、十津川が、いった。

よく調べるとやはり、繋っている木でカモフラージュして、地下とつなげてある換気孔が見つかった。

その細い換気孔から地下に入り込むことは、さすがに無理だった。

「地下工場の唯一の弱点は、地下にあるということです」

と、若い日下刑事が、十津川に向かって、いった。

「たしかにその通りだが、君はどうするつもりだ？」

「日本パーマネント株式会社は、五百坪の土地を奥多摩町に開放して、噴水のある公園を作っています。その噴水は、今でも水を噴き上げていますから、その水を、換気孔から地下に流し込んでみてはどうでしょうか？」

と、日下が、いった。

「しかし、地下に二人が監禁されているとすれば、二人が危なくなるぞ」

と、亀井が、いった。

「それは分かりますが、ほかに方法がありません。このままでは、みすみす二人が危険な状態になるのを黙って見ているよりほかに、仕方がありません。地下を水浸しにすれば、工場の人間たちが驚いて、地下から飛び出してくると思います。もし、その通りになれば、二人を助け出すチャンスが生まれてくると思いますが」

と、日下が、主張した。

十津川たちは、奥多摩町の消防署に行って、消防車を一台借りてきた。

問題の五百坪の公園では、途切れることなく噴水が水しぶきを上げていた。

噴水のある池は、水が豊かである。その水を消防車のホースで、細い換気孔から地下に流し込むことにした。

作業を始める。

十津川は、この作業自体が二人の刑事の危険につながらないことを祈った。

消防車のエンジンが動き出し、噴水の水が地下に流し込まれていく。

低いサイレンのような音が聞こえたような気がした。途端に、ホースから注ぎ込んでいた水が止まってしまった。換気孔が閉じられたのだ。

植えられた木の数だけ換気孔があるのだが、その換気孔が、次々に閉じられていく。

おそらく、危険になると自動的に閉じるようになっているのだろう。アッという間に換気孔の全てが、内側から閉じられてしまった。

しかし、それによって、地下に工場があることが分かった。三田村と北条早苗の二人の刑事が十津川に連絡をしてこないのは、地下工場の潜入に成功したと見ていいだろう。

現在、二人が危険な状況にあることだけは想像がついた。

何とかして一刻も早く、二人を助け出さなくてはならない。

十津川は今度は、爆発物処理班に来て貰うことにした。

やって来た爆発物処理班の班長に向かって、十津川は、

「ここに換気孔がいくつかある。それが今、閉じられてしまっています。何とかして開けさせたい。何とかなりませんか？」

「換気孔がいくつもあるということは、この地下に何かがあるということでしょうね？」

「この地下に工場があって、稼働しています」

「換気孔が全部閉じられているのでしたら、そのうちに中にいる人間は、苦しくなって何もしなくても、外に出てくるのではありませんか？」

「いや、そういう簡単な相手ではありません。たぶん、酸素も地下で作れるようになっていると思います。換気孔が閉じられていても、息が苦しくなったからといって飛び出してくるような、そんなやわな相手ではありません。何とかして出てくるようにするか、あるいは、こちらから地下工場に入れるようにしてください」

と、十津川が、いった。

「それでは、換気孔を爆破させて、相手を脅かしてやりますか」

爆発物処理班の班員が、無責任なことを、いった。

4

閉じられた部屋に監禁されている四人にも、低いサイレンの音が聞こえた。

突然、新鮮な酸素が、部屋の隅から噴き出してきた。地下で酸素発生装置が動き出したのだ。

「地上で、何か起きているみたいだな」

と、三田村が、いった。

「何かが起きたことは分かりますけど、ここの連中が、勝手に動き出したのかもしれませんよ。私が調べたところでは、青梅線の沿線をまず支配するといっていましたから」

と、桜井亜紀が、いった。

「それは、私も聞いています」

早苗が、いった。

「何でも、ＡＩと人間の脳との合体が成功して、スーパーマンが生まれた。しかも、知能指数は二万だと自慢していましたよ。自分たちが動けば、青梅線の沿線は簡単に支配出来る。それに成功したら、次は東京、関東地方、東日本、最後には、日本全土を支配するんだといっていましたが」

「連中はバカだよ」

と、市川が、断定して、

「そんなことが簡単に出来る筈がないじゃないか。警察だっているんだし」

と、二人の刑事の顔を見た。

「日本の警察も、それほど当てには出来ないか」

早苗は苦笑して、

「さっきサイレンが鳴っていたでしょう？　ひょっとすると、警察が動き出したのかもしれない」

「それなら、俺たちは助かるのか？」

と、市川がきく。

「もし、警察が動いたのなら、何とかして、われわれを助け出そうとする。今のところ、それに期待するよりほかに仕方がない。われわれを監禁している連中の力が、いったいどんなものなのか、判断がつかないからね」

三田村がいった時、また小さな爆発音がして、天井が振動した。

「上で何をしているんだ？　俺たちを殺す気か？」

と、市川が叫んだ。

「おそらく、爆発物処理班が、小さな爆発を起こしているんだ。そうすれば、地下にいる人間たちが外に出てくる。それを期待して、何回か爆発を起こす気なんだ」

と、三田村が、いった。

その言葉を裏付けるように、一定の間隔を置いて、爆発音が聞こえてくる。

一番奥の豪華な部屋で、木之内社長が、顔をしかめていた。彼は、電話機を取って、地上にいる秘書に連絡をとった。

「バカな警察がやって来て、私の工場を爆破しようとしている。今すぐ止めさせろ！」

それに続けて、副総理の鏑木豊が、電話機を手に取った。彼は、自分の派閥の有力代議士に、電話を入れた。

「私は、日本パーマネント株式会社のＡＩ研究を高く評価している。それなのに今、警察がＡＩ研究の最先端を行く工場を、なぜかは分からないが、爆破しようとしている。すぐに止めさせてくれ」

と、いった。

命令されたほうは、すぐに動いた。

警視庁の副総監が、三上本部長と一緒に奥多摩に飛んできた。

副総監が、大声で叫んだ。

「つまらないことは止めろ。これは警視総監の命令だ」

十津川は、爆発物処理班に向かって、中止の合図を送ってから、上司の三上本部長に対して、

「実は現在、若い刑事が二人、行方不明なのです。二人はどうやら、地下にある工場に監禁されていると思われます。その心配がありますので、何とかして彼らの安否を確かめたいのです。私が地下工場に入れるように、日本パーマネント株式会社の木之内社長と交渉して頂けませんか？」

と、頼んだ。

「分かった。相手がどういうかは分からないが、一応交渉してみよう」

三上本部長が、約束してくれた。
十二、三分もすると戻ってきて、
「君の要請は無理だ。何しろ、地下工場は、木之内社長個人の持ち物だからね。現在、

大型のコンピューターが稼働している。ほかに、ＡＩ研究の施設もある。向こうは、警察の人間は一人も入ってきていない、そういっているんだ。無理に押し入ることは出来ない。何しろ、日本パーマネント株式会社の木之内社長は、有力な政治家の友人だからね。その政治家も、地下工場には何もないといっているんだ。今は、その言葉を信用するしかないよ」

と、三上本部長が、いった。

十津川は、いったん地下工場から引き下がることにした。

捜査本部に戻る気はなかった。地下工場に、三田村と北条早苗の二人の刑事が監禁されているとすれば、中野署に帰るわけにはいかないのだ。

地下工場の近くにいて、何とかして二人の刑事の居どころをつかみたい。

十津川は、地下工場から百メートルほど離れたところにテントを張り、そこから監視することにした。

向こうも、いつまでも地下に潜っているわけにはいかないだろう。地上に出てきて、何らかの動きを見せる筈だと、十津川は考えていた。

夜が明けてくる。

しかし、依然として地下工場からの動きは、何も見られない。

そこにまだ町役場は開いていない筈なのに、助役の桜井がやって来た。

彼も自分の娘、亜紀のことが心配で、十津川に相談しようと考えたのだった。

「若い刑事さんが二人、行方不明になっていると聞いたのですが、本当ですか？」

いきなり、桜井助役がいった。

「その通りです」

「二人の刑事さんは、地下工場にいると考えているんですか？」

「そうです。ほかに行く場所はありませんからね」

「そうなると、私の娘も地下工場の中にいる可能性が高いですね」

「たぶん」

と、いってから、十津川は、

「奥多摩町の停電は、まだ続いているんですか？」

「ええ、続いています。停電している地区が、明らかに広がってきています。このままでいけば、奥多摩町の全域で停電になるでしょう。それを防ぐ方法は、今のところ全くないのですよ。何しろ、なぜ停電しているのか、その原因が東京電力でも分からないのですから」

と、桜井が、いった。

そうしている間に、青梅市にも、停電の地域が広がってきているという連絡が入った。

「青梅線レポートですが」

と、桜井が続けて、

「娘が口にした時は、つまらない想像をするなと思っていたのですが、こうなってくると、青梅線全体が、停電に襲われるかもしれません。青梅線の外に逃げることも、出来なくなるかもしれません。誰が、どうして、こんな無法をしているのか、警察は分かっているんですか？」

「現在、ＡＩとか、永遠の生命とか、いろいろな問題が生まれています。その第一人者がずば抜けて頭脳明晰《めいせき》ならば、一つの都市、あるいは一つの国を支配したいという気持ちを持つようになってしまうかもしれません。そうした人間が、まず青梅線の沿線を支配する、その実験をしようとしていることは考えられます」

と、十津川が、いった。

「しかし、ＡＩと永遠の生命とは、別のことなのではありませんか？」

と、桜井が、いった。

「たしかに今まではその通りですが、ここに来て、それを一致させようとする人たちが現れたのです。私にいわせると、永遠の生命などというものは、神を冒瀆《ぼうとく》するものだと思うのですが、その二つを何とかして結びつけようとする人たちがいることは間違いありません。永遠の生命を得て、その上、高度なＡＩを持てば、怖いものはありませんからね」

「あの地下工場で成功したと思われますか？」

「それは分かりません。ただ、今、奥多摩町、そして青梅市で起きている停電は、あの地下工場と関係があると思っています。永遠の生命と高度なＡＩと人体とが合体した、いわばサイボーグと化した人間たちが、その実験を始めたのではないかと、思っているのです」

と、十津川が、いった。

彼が今、考えていることは、一つの反撃だった。

現在、地下工場にいる連中は、何らかの操作によって、奥多摩町や青梅市を停電させている。それに対して、逆に目の前の地下工場を停電に追い込めないかと、十津川は考えたのだ。

停電になれば否応《いやおう》なく、地下にいる人間たちは、地上に出てくるのではないか？

そうなれば、監禁されていると思われる二人の刑事の安否も分かるに違いない。

十津川は、東京電力に電話して、話の分かる技術者に来て貰った。彼は、地下工場について説明し、

「地下にある工場を、何とかして停電に持っていけませんか？　数時間とはいいません。一時間、いや、三十分でもいいのです。何とか停電に追い込んでください」

「あの地下工場には、自家発電装置が備わっていますね。ですから、うちが電気を停めても仕方がありませんよ」

「何とかなりませんか？」

と、十津川が、きいた。

第六章　夜の世界

1

何も出来ないままに、また夜を迎えた。十津川は空を見上げていた。

漆黒の闇が、少しずつ広がっていく。それは、いつも十津川が見慣れている夜の闇ではなかった。

十津川が毎晩見慣れていた夜は、どこかに必ず明かりがあった。近くの家からの明かりがあったし、車の明かりが近づいてきていた。

しかし、今、十津川の周囲を閉ざそうとしている夜には、明かりというものが全くなかった。

突然、どこかで、車のぶつかるような音が聞こえた。明かりのつかないままに走っていた車が衝突したのである。

家の明かりも全くない。マンションの形がそびえているのが分かるのだが、それは、ただの真っ暗なかたまりでしかなかった。

十津川は、亀井刑事が自分のケータイを使って、どこかに電話しようとしているのに気がついた。

しかし、一向にかからない。亀井のケータイの電池は、アッという間になくなっていった。

どこかでまた、車が衝突する大きな音が聞こえた。

突然、近くで大きな音がした。思わず振り向くと、火柱が立ち、黒煙が舞い上がっているのが見えた。

亀井刑事が、十津川に、

「今のは、青梅線の電車が衝突して炎上した音ではないかと思いますよ。この調子では、そのうちに、電車も動かなくなるに違いありません」

と、いった。

近くに、東京電力の電気自動車が停まっていた筈《はず》である。

しかし、その車も真っ暗闇の中では、何処《どこ》に停まっているのかも分からないし、動く気配もない。

十津川は、その闇の中で目を凝らした。百メートルほど先に、問題の地下工場がある筈である。

その場所も、今では完全な闇の中に溶け込んでしまっている。ただ、耳を澄ますと、低い地鳴りのような音が、かすかに聞こえていた。

地下の工場は、今でも運転されているかもしれない。

(それなら潜入しようか)

と思ったが、この闇の中では、何処に入口があるのかも分からないのだ。

亀井刑事が、パトカーの屋根の上に飛び乗った。亀井は双眼鏡を持ち、周囲を盛んに見《み》廻《まわ》していたが、

「東京の方向は明るいですね。どうやら真っ暗なのは、青梅線の沿線だけのようです」

と、十津川に向かって、いった。

亀井は、パトカーの屋根から降りると、ポケットから自分のライターを取り出して、発火させてみた。

こちらのほうは火がついた。要するに、第一次的な石油などのエネルギーは、そのまま生きているらしい。

ライターの火はついたが、懐中電灯は、いくらスイッチを動かしても明かりがつか

なかった。

十津川は、亀井のつけてくれたライターの小さな明かりを使って、パトカーの中にあった新聞を取り出して丸めると、それに火をつけた。

簡単に燃え上がった。突然、周囲が明るくなった。

だが、その明かりは、アッという間に細くなり、消えてしまった。

「これじゃ駄目だ。役に立たない。何とかして松明《たいまつ》を作ろう。材料になりそうなものを探してくれ」

十津川が、刑事たちに命じた。

刑事たちは、テントの布を切り裂くと、それを警棒に巻きつけた。その後、パトカーのタンクから取り出したガソリンを、布に染み込ませる。即製の松明である。それには、ライターで火がついた。

刑事たちの顔に、やっと笑いのようなものが浮かんだ。

だが、周囲の闇は、依然として暗いままである。

「カメさん、この近くに、たしか交番があったな？」

十津川が、きいた。

「ええ、ここから少し行った先にあった筈です」

と、亀井が答える。

「行ってみよう。交番がどうなっているのか、知りたいんだ」

松明を手にした刑事たち数人が歩き出し、十津川と亀井が、刑事たちの後に続いた。

しばらく進むと、たしかに、そこに交番があった。

しかし、交番の明かりも消えている。即製の松明を突きつけると、真っ暗な交番の中に、一人の巡査がいた。

しかし、よく見れば、そこに座っているのは人間ではなくて、人間の姿をしたロボットだった。

その人型ロボットは、十津川たちが寄っていくと、

「近づくな。それ以上そばに来ると、危険である」

と、大きな声を出した。

亀井刑事が腹を立てて拳銃《けんじゅう》を取り出した。弾丸は五発装塡《そうてん》されている筈である。亀井は拳銃を空に向けると、引き金を引いた。

しかし、弾丸は出ず、何の音もしない。拳銃からもエネルギーが消えてしまっているのだ。

亀井刑事は、役に立たないその拳銃を、人型ロボットに向かって、思いっきり投げ

つけた。間違いなく、それは宙を飛んで命中した。

　しかし、人型ロボットは、何事もなかったかのように平然としている。そして、再び声をあげた。

「これ以上近づくと危険である。二度も警告した。直ちに立ち去れ」

　と、抑揚のない、冷たい感じの機械音が聞こえてくる。

　その時、若い刑事の一人が、交番にいる人型ロボットに向かって、いきなり警棒で殴りかかっていった。

　しかし、警棒は簡単にへし折られ、逆に殴りつけられて、危うく腕や足の骨を折られるところだった。

　仕方なく十津川たちは、その場を離れ、暗い道路を西に向かって歩いていった。

　道路に面している家は、どの家も真っ暗である。停まっている車にも、明かりがついていない。

　町の中には人の姿もなく、静まり返っていた。外に出るのは怖いので、おそらく誰もが家の中にいて、ひっそりと息を潜めているのだろう。

　しばらく歩くと、青梅線の線路にぶつかった。信号が消えている。電車が走っている気配はない。さっき電車が衝突し、炎上する大きな音が聞こえたから、青梅線の車両基地ではあのあと電気エネルギーがゼロになり、電車を動かすことを諦《あきら》めてしまったに違いない。

奥多摩駅に着いた。ここも真っ暗である。

駅長の原田や駅員たちは誰もが不安気な表情で、駅前の広場の隅に固まっていた。そこにも明かりが一切なく、駅員の一人が点《とも》したライターの、弱々しい火があるだけだった。

その時、雲の間から月が顔を出した。

その月明かり、それは、いかにも心細い青白い光ではあったが、それだけでも、広場の隅で固まっていた原田駅長や駅員たちの顔には、救われたような、安堵《あんど》の表情が見てとれた。

「いったい、どうしたんですか？　何かあったんですか？　どうして駅の外にいるんですか？」

矢継ぎ早に、十津川が、原田駅長にきいた。

「夜が来て周囲が真っ暗になると同時に、人間の姿をしたロボットが、いきなり駅の中に入ってきたんですよ。全部で十体くらいはいたと思いますね。そいつらにアッという間に駅舎を占領されて、われわれは外に追い出されてしまいました。私は狩猟の免許を持っていますので、不安から猟銃を二丁持ってきていたのですが、弾をこめて撃とうと思っても、なぜか発射出来ないんですよ。逆に、ロボットたちが持っている拳銃からは、ものすごい勢いで弾が飛び出してきますからね。戦ったとしても、とても勝てる筈がありません。それで仕方なく、ここに集まって様子を見ているんです」

と、原田駅長がいった。

「二次エネルギーがゼロになってしまっていますが、それは、この青梅線の沿線だけのようですから、その外に出れば、普通の動きが取れる筈ですよ。ですから、夜が明けて明るくなったら、いったん青梅線沿線の外に出てみようじゃありませんか？　そうでもしなければ、あのロボットたちとは戦えませんからね」

と、十津川がいった。

「それはどうですかね」

と、原田駅長が首をかしげ、

「桜井さん」

と、大声で呼んだ。

それに応《こた》えるように、月明かりの中に浮かんでいた人影が、ゆっくりと、こちらに向かって歩いてきた。

間違いなく、近づいてくるのは町役場の桜井助役だった。

桜井は、月明かりの中で十津川の姿を認識し、よろめくように近づいてくると、

「町役場も、ロボットに占領されてしまいました」

と、いった。

「桜井さんは以前、何かいっていましたよね？　外に逃げることが出来ないとか、いっていたと思うんですが、それは、どういうことですか？」

十津川がきいた。

「私は、とうとう青梅線レポートを見つけたんですよ。娘が、友達に預けていたらしく、しばらく連絡がないからと、私のところに送ってくれたんです」

と、桜井がいった。

「えっ、本当ですか、それはあなたの娘さんが書いたレポートですか？」

「いえ、私の娘は、青梅線レポートなどというものは書いていません」

「それは本当ですか？」

「ええ、本当です。娘が持っていたのは、どこでだか分かりませんが、拾ったものだったんですよ。たぶん、青梅線の沿線でしょうね。しかし、あまりにも途方もないことだったので、娘には、いったい何のことやら分からなかったのかもしれませんね。

私も、それを仕事の合間に読んだのですが、ほとんど分かりませんでした。ただ、連中、つまりＡＩによって世の中を変えようとしている連中が書いたものの中に、一つだけ分かったことがあります。それは、空中に二つの層を作る、つまり、空気の薄い層と濃い層の、二つの層を作るのですよ。空気の薄い層があるのは知られていますが、連中は、それを何処にでも作れるようにしたんです。そのまま空気の濃い層から薄い層へ行けば、窒息して死んでしまうそうです。そういう目に見えない空気の層を作ることに成功した。それこそ絶対の境界線で国境線でもあると、レポートには書いてあったんですよ。私に理解出来たのは、この項目だけでした。ですから、連中は青梅線の沿線だけに現在、自分たちの境界線を作り上げているに違いないと思います。その外に出ることは、たぶん死を意味するでしょう。おそらく、ここにいるわれわれは、空気の濃い層から薄いところへ移動することが出来ないんですよ。そして、連中は、少しずつ同じ空気の壁を広げていこうとしているに違いないのです。何十センチかの見えない壁です。しかし、そこを通れば死んでしまう。連中はまずは東京を占領し、最終的には、日本全土を占領するつもりなのではありませんか？　とにかく安く自在に作れる壁です」

「なるほど。それで、娘さんは、今どうしているんですか？」

と、十津川がきいた。

「分かりません。たぶん、空気の壁の向こう側にいるんだと思っています。ですから、娘を助けに行くことは出来ません。連中が空気の壁を消してくれるまでは、無理ではないかと思いますよ」

と、桜井が、いった。

桜井と別れると、十津川が、

「カメさん、今の桜井助役の話だけど、信じられるかね？　どう思う？」

と、亀井にきいた。

「桜井助役は、その空気の壁というものを、実際には体験していないわけでしょう？」

「ああ、そうだよ。彼が体験したというわけじゃない」

「だとしたら、ちょっと信じられませんね」

「どうして？」

「もしかしたら、そんなものは、世の中に存在しないかもしれませんからね。とにかく、われわれは今、世界がどうなってしまっているのか、まず、それを何とかして、はっきりさせなければ、これから先を生きていくことは出来ませんよ」

と、亀井がいった。

「それならまず、立川駅まで歩いていこうじゃないか」

と、十津川がいった。

2

夜明けが近づき、少しずつ周囲が明るくなっていった。

人間が作った二次的なエネルギーなら、連中は自分の都合のいいように動かすことが出来る。

しかし、人間が作る前の一次エネルギー、例えば、太陽の熱や明かりや、月の明るさなどといったものは、連中にも自由に動かすことが出来ないのだ。

そう考えれば、十津川にも、少しは勇気が湧いてきた。

青梅線の電車は相変わらず動いていない。その代わりに、レールに載せたトロッコが、人力で動いていた。

十津川たちは、途中からそのトロッコに乗ることにした。

別に何事も起こることなく、トロッコは立川駅に着いた。青梅線は、ここまでである。とにかく、全員が疲れ切っていた。

駅のホームは閑散としていた。

ホームには、東京行きの電車が入っている。

しかし、十津川たちがその車両に近づこうとすると、途中、ホームの中の見えない壁にぶつかってしまった。

目を凝らせば、かすかに色の違う空気の壁が立ちはだかっているのが分かる。

その厚さは、はっきりしないが、一メートルはあるだろう。

はっきりと目に見えないため、どうやれば突破出来るのかが分からない。

一、二、三でその壁を突き抜けられればいいが、桜井助役の話が本当だったら、壁の中で死ぬことになってしまうだろう。

「危険だから、少し下がった方がいいですよ」

と、駅員が十津川たちに声をかけてきた。

「いったい何があったのか、教えて下さい」

と、十津川が、いった。

「私にも、よく分からないのです。今朝起きて、いつものように出勤したら、駅が二分されてしまっていたんです。最初は、全く分かりませんでした。一見して何も変わっていないからです。しかし、駅の中に見えない壁が出来てしまっていたんです。それを知らずに、多くの駅員や乗客が亡くなりました。その揚げ句、理不尽にも、何者かが見えない壁を作ったことに気付いたんです」

「やはり、空気の壁ですか？」

「正確には、空気のない壁です。真空の壁です。無理に突破しようとすれば窒息し、身体が破裂して、たちまち死亡します。ただ、壁に近づかなければ、死ぬことはありません」

「誰が、こんなものを作ったんですか？」

「全く分かりませんが、いろいろなデマが流れています。一番もっともらしいのは、神がわれわれをこらしめるために、この見えない壁を作ったのだろうという話です」

「これから、どうなると思っていますか？」

「実は、落ち着いて観察すると、壁はゆっくり東京方面に向かって動いているのです。しばらく我慢していれば、私たちが今いるエリアが限りなく広がっていき、新世界が完成するそうです」

「誰がそんなことをいってるんですか？」

「壁が出来ると同時に、テレビが繰り返して新世界について喋《しゃべ》っています」

「新世界――ですか？」

「そうです。テレビのほかにこの宣言文が配られています」

と、駅員は丸めた紙片を、十津川に見せてくれた。

「あと四十八時間で、新世界は、新宿まで広がるだろう。

そのスピードは、加速する。

新世界は、日本全土を蔽《おお》うようになる。

新世界に住む者は、次の三か条を守るだけで、至福に包まれるだろう。

規律を守れ

命令に従え

不満を口にするな

この三か条を守れば、新世界の市民になることが出来る」

「これだけでは、よく分かりませんね」

と、亀井が、いった。

「この地区では、一時間おきにテレビがニュースを流しています。それを見れば、自然に分かってきますよ」

と、駅員が、いった。

「とにかく、こちらの世界を調べて廻《まわ》ることにしよう。われわれの仕事は、間違いを正すことだから」

十津川たちは、駅舎から出て、町を歩いてみた。

二次エネルギーの電気は、ここでも止まっていた。夜になれば、また完全な闇に支配されてしまうのではないか。

その代わりのように、いたるところにビラが貼られていた。

「テレビで、一時間おきに必要な指示を出すので、それに従え」

「現在、われわれ青梅線グループは、強大な敵と、熾烈《しれつ》な戦いの最中である。間もなく、われわれは勝利し、天国を手に入れる。それまで、不満を口にせず、上からの命令に従え」

突然、テレビの画面が明るくなり、ニュースの放映が始まった。

「われわれの無敵のロボット戦士たちは、中央本線の各駅、国立、西国分寺、国分寺、武蔵小金井《むさしこがねい》などを確保した。間もなく新宿駅を占拠するだろう。各駅長、各市区長は、次々に降伏し、四十八時間後には、東京都知事も、われわれに降伏する筈である。夜明けの近いことを信ぜよ」

その放送のあと、町中のテレビは、消えてしまった。

その時、十津川の近くで、男が舌打ちするのが聞こえた。その男に、見覚えがあった。

確か三村という名前だった。今回の事件で、ＡＩなどについて、話を聞いていた。三村の方も、十津川を見て微笑した。覚えていたのだ。

その三村に対して、

「いったい何がどうなっているのか、私たちにも分かるように、やさしく説明して頂けませんか？」

と、十津川がいった。

「正直にいって、今回のことはなかなか難しくて、私自身も、完全に理解しているとはいえないのですよ。ただ、私が考えていることをお話しすることは出来ると思います。それでもよろしければお話ししましょう」

と、三村がいってくれた。

「それで十分です。よろしくお願いします」

十津川たちは、近くのカフェに入って、コーヒーを飲みながら話をすることにした。

この店でも、テレビは消え、明かりは提灯《ちょうちん》とロウソクになっていた。

「十津川さんは、どんなことをお知りになりたいのですか？」

と、三村がきいた。

「犯人は、奥多摩に地下工場を作った日本パーマネント株式会社の木之内社長だと考えて、まず間違いないだろうと、われわれ警察は思っているのですが、残念ながら、問題の地下工場の中に入っていくことが出来ないのですよ。そのため、警察として何一つ調べることが出来ません。何が変わったのかも分からず、ひたすら戸惑っています」

と、十津川が正直に、今の気持ちを三村に話した。

「たぶん、そうでしょうね。犯人は、木之内社長たちでしょうね。ほかには考えられません」

と、三村もいう。

「それで、木之内社長は、いったい何を狙っているんでしょうか？」

「一つは永遠の生命だと思います」

「しかし、人間は、永遠の生命などというものを、はたして手に入れることが出来るのでしょうか？」

「それは考え方によると思いますね」

「といいますと？」

「平均寿命を少しずつ長くしていけば、遠い将来には二百年、三百年という長い生命を手に入れることが出来るようになると思います。しかし、これでは永遠の生命とはいえません。そこで、木之内社長が考えている永遠の生命というのは、自分の脳、あるいは記憶と肉体とを切り離すことだと思います」

と、三村がいった。

「それはつまり、人間の脳を肉体から切り離して、それを機械に乗せるということですか？」

と、亀井がきいた。

「そのとおりです。ＡＩ、つまり人工知能がどんどん発達していって、人間の脳をＡ

Ｉで再現出来るということにでもなれば、脳を動かすことは難しいですが、脳とＡＩを合体させればいい。それを機械に移せば、永遠の生命を手に入れたことになると考える人もいますから、木之内社長も、同じように考えているのでしょう。人間の意識や記憶などを司《つかさど》っている脳は、肉体の上に乗っています。ただ、人間の肉体というのは、いつか必ず滅びるものですから、それに乗っている脳も、いつかは滅びてしまいます。それを切り離して脳や記憶を機械の上に乗せることが出来れば、機械なら修復も出来ますし、新しくも作れますから、人間の生命も、永遠ということになってきます。生きているということは、すなわち、人間の脳や記憶が働いているということですからね。脳が肉体と一緒に滅びることを防ぐために、脳と肉体を切り離してしまえば、今も申し上げたように、永遠の生命を手に入れることが出来るのです。おそらく木之内社長は、それを狙っているか、あるいは、すでにこの方式で永遠の生命を手に入れているのでしょう」

　と、三村がいった。

「そうなれば、人間にとってめでたいことなんじゃありませんか？　人間が死ななくなるんですからね」

　と、亀井がいった。

三村は、笑って、

「たしかにそれは、亀井刑事のいう通りですが、誰も彼もが永遠の生命を手に入れてしまったら、おそらく面白くも何ともなくなるでしょう。木之内社長のような独裁者型の人間は、自分だけに永遠の生命があって、ほかの人間は必ず死んでいくことを望んでいるんですよ。そうすれば、誰も木之内社長には敵《かな》わない。そんな世界を作ろうとして、何かを始めたのではないかと、私は考えます」

「木之内社長が、永遠の生命を手に入れたとして、そのほかに何を手に入れようとしているんでしょうか？」

と、亀井がきいた。

「木之内社長にしてみれば、永遠の生命を持つのは、自分一人だけでいいと思っているでしょうね。そのことが、彼をより幸福にするでしょうから。あとは物事を考えない強力なロボットかサイボーグをたくさん作っておいて、それによって日本を支配しようと考える。まず青梅線の沿線を支配する。その支配範囲を徐々に広げていって、次には東京全域を、そして関東地方全域、日本全域と、どんどん広げていくつもりなのでしょう。たぶん、現在は何体のロボット、何体のサイボーグがあれば、どのくらいの人口や広さを支配出来るのか、それを計算しているのではないかと思いますね」

と、三村がいった。

「われわれはそれに対して、どうしたらいいと思いますか？」

と、十津川がきく。

「木之内社長は今、奥多摩の地下工場の中にいるんでしょう？」

「そうだと思います。ですが、生半可なやり方では、地下工場の中に入ることは出来ません」

「それでは、一緒に地下工場を見に行こうじゃありませんか。とにかく中に入って、木之内社長がいったい何を考え、何を狙っているのかを知りたいと思いますね」

と、三村がいった。

十津川たちは、トロッコで青梅駅に戻った。

青梅駅には、どこから運んできたのか、ＳＬがホームに入っていた。

電気は一時間おきのテレビニュースの時しか流れないため、仕方なしにＳＬを使うことにしたのだろう。

青梅線は電化されているのに、電車が走らないルートになってしまったのである。

Ｃ57型という、昭和初期に造られたＳＬである。

時間が来て、十津川たちが乗り込むと、ＳＬ列車は奥多摩駅に向かって動き出した。

「夜になると、何もかも闇の中に消えて、われわれの動きが取れなくなりますから、明るいうちに奥多摩に着きたいと思います」

と、十津川は、いった。

十津川たちは、終点の奥多摩駅で降りた。

どこといって、変わったところは見られない町である。

これが、暗くなれば一変するのだ。

まだ明るい今も、ほとんど人の姿は見えない。日のあるうちに、家の中でこれから襲ってくる暗闇に備えて、何とか準備をしているのだろう。

十津川たちは、人の気配の薄い町の中を歩いて、地下工場のある場所に着いた。

地表には、何も見えない。

夜になれば、地下工場は活発に動き出すのだろう。

三村は、地面に耳を押しつけたあと、十津川に向かって、

「耳をすますと、かすかに、機械音が聞こえますね。確かに、地下工場は全力運転をしていると思います」

「今、何を造っていると思いますか？」

「たぶん、木之内たちは、彼の考える永遠の生命を手に入れたんだと思います。そこ

で、第二の目的、この世界を支配する目的に向かって動き出したんだと思いますね。それに必要なロボットの大量生産に入ったんでしょうね。永遠の生命を手に入れても、思うように動く手足がなければ、世界は手に入りませんから」

「そのロボットを、何体か見ています」

「そうですか。ロボットの威力は、すでに試しているとすると、今は全力をあげて、ロボットの大量生産に入っていると思いますね。青梅線エリアの支配には、何体必要かは計算しているでしょうから」

と、三村がいった。

地表に出ている三階建てのビルを見て、

「あそこが、地下工場への出入口ということは考えられませんか？」

と、三村が、きいた。

「分かりません。何のために、あの古びたビルを残しているのか、分からないのです」

十津川がいったとき、双眼鏡を向けていた亀井が、

「ロボットが二体、三階に見えます」

と、いった。

「やっぱりあのビルが、地下工場への出入口かもしれませんね。二体のロボットは、ガードマンかもしれません」

と、三村は、いった。

「あのロボットは、強力ですから、簡単には排除出来ませんよ」

と、亀井も、いう。

そのうちに、奥多摩駅の原田駅長や、町役場の町長や桜井助役などが集まってきた。

いずれの現場も、ロボットに占領されてしまっているという。

「それほど、ロボットは強力ですか？」

と、三村が、きく。

「それもありますが、こちらが叩《たた》き潰《つぶ》しても、最後は自爆するように設計されているようです。かなり強力な爆発力ですから、ロボットを力で排除するわけにはいかないのです」

桜井助役が、いった。

「では、実際に、あのロボットが自爆したことがあるんですか？」

「いや、それはありませんが、こんな事態になる前に、体長三十センチくらいのロボットが、日本パーマネント株式会社から町長宛に贈られていたんです。それと同型のロボットは、娘のマンションにもあって、さまざまな動きを示したあと、最後に突然、自爆しました。驚くような爆発力でした。実際に動き出したロボットは、その大きさから考えて、おもちゃのロボットの数倍、あるいは数十倍の爆発力を持っているに違いないのです」

と、桜井が、いった。

一瞬、全員が沈黙してしまったが、奥多摩駅の原田駅長が、声をふるわせていった。

「私たちは、ロボットなんかに支配されるのは、まっぴらです。それで、三村さんにお聞きするんですが、どうしたらいいと思いますか？　どう戦ったらいいと思いますか？」

原田の質問に、三村は地下工場の方向に目を向けて、

「そうですね。ロボットとの戦いは、当然、残酷な感情の伴わない戦いになるでしょうから、こちらもそのつもりで戦わないと勝てません。ブルドーザーを持ってきて、地下工場の屋根に穴を開け、そこから爆弾を落とし込んでやりますよ。自衛隊には、プラスチック爆弾がありますから、それを大量に地下工場に放り込んで、そこにいるロボットの全てを破壊します」

と、三村は平然と怖いことを口にした。

「しかし、地下工場には、人間もいますよ」

と、亀井が、いった。

「死んでも構わない連中でしょう？」

「いや、誤って地下工場へ入った人間もいます」

と、町長がいい、亀井も、

「刑事二人が地下工場にもぐり込みましたが、現在は捕まっているものと考えています」

「しかし、全部で十人足らずでしょう？　その人たちのことを考えて、戦いの力を弛《ゆる》めたら、この奥多摩の町も、青梅の町も、独裁者に率いられたロボットに占領されてしまいます。そうなったら、能率だけを考える、無機的な政治が行われるに決まっていますよ。連中は、まず青梅線の沿線でその実験をし、その範囲を広げていく筈です。そんな相手には、ヒューマニズムも人権も通じませんよ」

「たしかに、このままでは、連中にこの町は支配されてしまいます」

と、桜井助役が、いった。

「実際、警察も駅も役場も占領されているんですから」

十津川は、空を見上げた。

頭上には、まだ青空が広がっている。

しかし、あと数時間で昨夜と同じ、漆黒の闇がこの奥多摩の町に襲いかかってくるだろう。

（月夜であれば、少しは見えるだろう）

と、十津川は、すでに連中と戦う時のことを考えていた。

一次エネルギーは武器として使えるが、二次エネルギーは使えない。

最大のハンデは、電気が使えないことなのだ。

今の社会を動かしているのは電気だが、それが使えない。

拳銃は発砲出来ないと分かった。第一、刑事の持っている拳銃では、撃てても鋼鉄のロボットは倒せない。

「夜になれば、地下工場からロボットがぞろぞろ出てくると思います。夜の暗さの中で、彼らは無敵ですから。それに備えて、われわれも戦う準備を整える必要がありますす」

十津川は、集まっている人々に声をかけた。

「しかし、武器がありませんよ」

と、桜井が、いう。

「探すんですよ。武器になるものを」

と、十津川が声をはげました。

「大ざっぱにいって、二次エネルギーは、連中に押さえられています。特に電気です。これはたぶん、彼らのロボットが電気で動いているからでしょう。逆にいえば、われわれが電気エネルギーを押さえてしまえば、ロボットは動かなくなるかもしれません」

「夢を語るのはやめて、実際に何が出来るか、話して下さい」

と、原田駅長が、いった。

「昨夜、一番役に立ったのは、一次エネルギー、特に石油、ガソリンです。これは、間違いなく火がつきます。ライターも火がつくことが分かっています」

「それで、どうするんですか？」

「夜になるまでに、ガソリンを集めます」

「しかし、車は動きませんでしたよ」

「それは、エンジンを動かすのに電気火花が必要だったからです。電気は全て、連中に押さえられています」

「ガソリンを集めるのは賛成ですが、そのガソリンを使って、連中とどう戦うんですか？」

「夜は連中の世界ですから、それに対抗して、松明を作ります」

「それから？」

「笑わないで聞いてもらいたいのだが、弓矢を作ります。矢の先に布を巻き、ガソリンをつければ火矢になります」

「――――」

十津川の言葉に、一瞬その場にいた人々は黙ってしまった。

十津川は、構わずに続けた。

「竹林で適当な竹を切ってきて、竹槍《やり》を作ります。長さは、使う人の手足の長さを考えて作ればいい。竹槍の先にガソリンをつければ、火槍にもなります」

「まるで、おもちゃの兵隊ですね」

誰かが、笑った。

「そうです。しかし、素手で戦うより何倍もいいと思いますよ」

と、十津川は、力をこめていった。

第七章　全てが終わる日

1

空気の壁は、一分間に一メートルのスピードで、前進している。

すでに、青梅線の始発駅「立川」を通過し新宿方面に向かっていた。

呑《の》み込まれた立川の街は、青梅や奥多摩と同じ光景を呈していた。

モノレールは停止して動かず、駅周辺のビル街は、全ての電気が消え人の姿もない。

空気の壁の侵攻スピードが、毎分一メートルと遅いので、人々はその壁から逃げるように、新宿から東京方面に向かって逃げていた。

奥多摩町の地下工場からは、人型ロボットが、二体ずつ、地上に吐き出されてくる。

それを見守る十津川たちに対して、人々は青梅線の線路上を、立川方面に向かって避難して行く。

電気を失って線路上に停車している電車は、ロボットたちによって排除され、潰《つぶ》されてしまう。

線路上の障害物が消えると、東に向かって延びる線路は、まるで、王者を迎えるレッドカーペットのように見えた。

十津川は、日本パーマネント株式会社の木之内社長が何を企んでいるのかを知ろうと、奥多摩の高台に移動した。

刑事たち、奥多摩駅の駅長、町役場の町長や助役たち、それに、竹槍《やり》を持つ人々も、十津川と一緒に移動した。

そこからは、地下工場のある敷地全体が俯《ふ》瞰《かん》出来た。

ロボットは、その後も三十分ごとに、二体ずつ吐き出されてくる。

ロボットが出てくる時は、地下工場の出入口が開くと見て、十津川は、地下工場内に監禁されている二人の刑事と民間人の救出に飛び込むことも考えたが、開閉の時間があまりにも短いので、もう少し観察を続けることにした。

「連中は、われわれを攻撃して来ませんね」

と、原田駅長が、いった。

「われわれが怖いんですかね？」

と、町役場の桜井助役がいう。

十津川は、思わず笑ってしまった。

「向こうは、こっちを危険な存在とは、見ていないんですよ。だから、無視して、今は青梅線の沿線を確保することに、全力をあげてるんだと思います。立川を通過したといいますから、新宿あたりまで確保したあと、ゆっくりと占領地の中を掃除するんだと思いますね。その時、何とか戦えればいいんですが」

「あのロボットには、とても抵抗出来ませんよ。何しろ、二体で一両の電車を線路から外して、放り投げてるんですから」

「それも、見ていると、余力を残している。まだ、さまざまな種類の力も持っている筈《はず》だ」

そのさまざまな力が見られる事態は、すぐやってきた。

新たに黄金色のロボットが四体、クラシックな馬車を担いで現われた。

馬車といっても車輪はなく、これも金色のソリが付いていて、その四角を四体のロボットが支えている。御輿《みこし》である。

ソリ付きの御輿は、奥多摩駅で線路上に乗せられた。

すると、御輿は、一メートル近く線路上に浮上した。

日本、いや世界中が現在、リニアの研究と実現を競っている。車体をわずか三～五センチ浮かび上がらせるのに、苦労している。

そのためには、磁気的に反撥《はんぱつ》する物質が必要なのだが、その物質も、マイナス二～三〇〇度という超低温が必要なのだ。

しかし、今、目の前で宙に浮かんでいる御輿はそんな超低温を、必要としているようには見えなかった。多分常温だ。

クラシックな御輿は、ゆっくりと走りだした。浮上したままである。

御輿の上部が割れて、木之内社長の姿が現れた。その身体は、銀色に光っていた。明らかに金属の色である。

多分、身体は機械、いやサイボーグというべきか。その上に、社長の頭脳が乗っているのだろう。

それで不死身なのか。永遠の生命を獲得したというのか。

絶えず夜空に浮かび上がる宣言文や、ラジオやテレビから吐き出されるアナウンスによれば、木之内社長は自ら、新しい日本の指導者と名乗っている。

「私は、ここに永遠の生命を、神から授かった。いや、私自身が神になった。しかし、しばらくは、神というよりも、新しい日本の指導者または総裁と呼ばれたいと思っている。『日本の指導者』または、『木之内総裁』である。これ以外の名前で私を呼ぶ者は、直ちに処刑する」

と、木之内社長はいっていた。

木之内社長の、この宣言を嘲笑《ちょうしょう》した初老の男と、木之内社長をからかうマンガを描いた女性は、捜し出され、ロボットの発する熱線で消されてしまったという。

ふいに、ソリ付きの御輿が停止した。前方に障害物がある。

ただの障害物ではなかった。

人間たちである。市民たちである。武器を手にしている。

しかし、それは、日本刀や竹槍や鉄の棒だった。

何か叫んでいるが、十津川たちには、何をいっているのか分からなかった。

途端に、前方を守る二体のロボットから何か光るものが発射された。

十津川の隣で、誰かが悲鳴をあげた。

線路上に立ちふさがっていた数人の市民たちが、一瞬にして消えてしまったのだ。

そのことに、十津川は、色を失った。

十津川は、彼等がバタバタ倒れていくのを想像していたのだ。それが、消えてしまったのだ。

「あれは、原爆以上の熱線だよ」

と、原田駅長がいった。

「原爆以上の熱線ですか？」

と、十津川が、振り向いた。

「親戚《しんせき》が広島にいるんで、時々、原爆のことを聞いていました。爆心地では原爆が爆発すると、三〇〇〇度以上の熱線に襲われたそうです。それだけの高温でも、人間は一瞬にして燃えつきることはありませんでした。今のはそれ以上ですよ」

「ひどいですね」

「一瞬にして消えてしまうんですから、逆に考えればさっぱりしてますよ」

と、原田はいったが、その声はふるえていた。

十津川は、七十年以上前の、本土決戦について書かれた本のことを思い出した。本土決戦に備えて、参謀本部が「秘密兵器」を考えていた。絶対に秘密な新兵器である。

ところが、中身が分かって、十津川は笑ってしまった。

本当の秘密兵器など一つも無かったのである。第一、本土決戦を叫びながら、兵士全員に渡す銃も不足していたのである。

従って、「秘密兵器」と称するものも、お笑いに近かった。

突撃する時、アメリカ兵を脅かすための怪物のマスク。同じく、アメリカ兵を恐怖に陥れる、大音響を発する笛。

これが、参謀本部が一生懸命考えていた秘密兵器の正体だったのである。

何とか、秘密兵器らしきものとしてあったのは「殺人光線」である。

日本陸軍が「殺人光線」の研究をしていたことは、事実である。強力な光線を敵兵に浴びせて殺す、あるいは意識を失わせる研究だが、日本陸軍は最後まで、実験に成功していなかった。

それから七十年たった今、十津川の目の前で日本のロボットが「殺人光線」を発射するのを目撃したのだ。

木之内社長の乗ったクラシックな御輿は、四体のロボットに守られて、再び線路上を浮上して、動き出した。

「まるで占領地を視察に行く、司令官気取りだな」

と、桜井がいった。

2

夜になると、桜井の言葉が当たっていたことが分かった。

奥多摩町は相変わらず、電気を失って暗い。明るいのは地下工場から洩《も》れる明かりだけだった。

その夜空に巨大な木之内社長の立体像が浮かび上がって、社長の声が、拡大されて流れてきた。

「われわれは、新しい日本国を建設することを決意した。われわれのこの計画を、何《なん》人《ぴと》も邪魔することは許されない。今日までに、奥多摩町から青梅、そして立川、新宿までの、青梅線と中央線の沿線が、新日本国の領土となった。この国土に現在、居住する国民は幸福である。自動的に一等国民になったからだ。その国民に、私は三つの約束をする。

第一　わが国の国民は、労働から解放される。今日から労働はロボットの役目でありロボット一体の能力は、人間十人に匹敵する。

第二　今日以後、医療は無料とする。無能な医者に代わって、現在、万能の医療機器が続々と生まれている。

第三　わが国は、人類の永遠の夢、不死を十年以内に与えることを約束する。

この三点は、新国家として、その総裁としての約束だが、近代国家としては、それに対する国民の義務を、私は要求する。三つの義務である。

第一　絶対の服従
第二　絶対の服従
第三　絶対の服従
この簡単極まる義務を守れない者は、わが国家に必要なしとして、永久に排除する」

夜空に浮かび上がった巨大な木之内総裁の立体像は、それだけ喋《しゃべ》り終えると東に向かって移動して行った。

その立体像を守るように、四体のロボットが動いていく。

地下工場では、ロボットの量産が続いている。その証拠のように、奥多摩の警察や役場にロボットが現れ、警察官や職員は追放された。

青梅市、立川市でも、同じ状況が生まれているという。

十津川は、刑事たちに、青梅線沿線を調べて、実際に何が起きているかを、報告するように指示した。

その際に、十津川は注意した。

「ロボットに出合ったら、目を合わすな。多分、あのロボットたちは、目を合わすと何らかの反応をするように、プログラミングされているんだと思う。今は、一人でも君たちを失いたくないからな」

町役場や市役所の職員たちも、同じ目的で夜の町に散らばっていった。夜が明けると戻ってきたが、全員が戻ってきたわけではなかった。

亀井刑事が報告した。

「いたるところに、ロボットがいます。猛烈な勢いでロボットが量産されている、としか思えません。ロボットと目を合わせるのは、警部のいわれたように、危険ですが、ロボットの視野は一八〇度あるので、その点も注意が必要です。もう一つはロボットの聴覚です。十メートル離れた場所で小声で喋っていても、ロボットには聞こえています。そのため、何人かの警察官がロボットの熱線を浴びて消えました」

「殺されたのか？」

「殺されたというのは、正確じゃありません。消されました。ロボットの発射する熱線に照射された途端、その警察官は、異常な高熱のために、消えてしまいました」

原田駅長も、同じ報告をした。

奥多摩駅には、三十人の駅員がいたのだが、駅はロボットに占領され、三十人の駅員もバラバラになって、原田の傍にいたのは、十二人だけだった。

「その十二人が、八人に減ってしまいました。とにかく、ロボットが怖い。ぞっとします。信頼していた二人の駅員が、誰もいないと思って、地下工場の怖さや、ロボットなんか毀《こわ》してしまえと、それも小声で話していたら、突然目の前にロボットが現れて、二人とも消されてしまいました。全く、何も残らずにです」

「木之内は、新国民に幸福を約束していましたが、人々は、どう思っているんですかね？」

と、十津川が、きいた。

「とにかく、怖がっていますね。本当は、ロボットに全員を消させて、一人で永遠の生命を楽しむつもりだろうと、いっていますよ。もちろん、そんなことを聞かれたら、すぐ消されてしまいますが」

と、桜井がいった。

「これから、木之内総裁やロボットと、どう戦ったらいいか、みんなで考えましょうよ。このままでは、どうしようもありませんから」

と、桜井がいった。

「それも一刻も早く、考えをまとめる必要があります」

と、十津川はいった。

「戦うなら、武器が必要ですよ。竹槍だけでは戦えません」

亀井が、いう。

「何か、いい案があるか？」

「ロボットは、何でも消してしまえる熱線という脅威の武器を持っているので、他の武器、特に原始的な武器には関心がありません。刀剣、槍、弓などです。私が調べたところでは、この奥多摩の山中で日本刀を作っている、現代の刀工がいるそうです。その刀工を見つけて、まず武器を手に入れましょう」

と、亀井がいった。

十津川たちは、三組に分かれて、まず刀工を捜すため出発した。

渓谷を遡《さかのぼ》っていく。秀《すぐ》れた刀剣をつくるためには、きれいな水が必要だ、と思ったからである。予想どおり、清流のほとりに、刀工の住まいが見えてきた。

しかし、初老の刀工は、発熱して寝ていた。

十津川たちが入っていくと、驚いて床の上に起きあがったが、事件のことは何も知らないようだった。

十津川が事件について説明しても、最初は信じなかった。刀工一筋の男には、ＡＩだとかロボットだとかは、考えられないことだったのだ。

他の者も加わっての説得で、ようやく、こちらの話を信じてくれた。

暗くなると、刀工は灯油を使った明かりをつけた。一次エネルギーだから、消えることはないのだ。

夕食も、薪《まき》をかまどにくべて米を炊き、七輪で味噌《みそ》汁を作る。猪の肉を焼く。

それを見ていて、十津川は、不思議な気がしてきた。地下工場の影響で、夜、電気もつかず、銃も撃てない。全ての抵抗の手段を奪われた感じがしていたのだが、今、目の前で行われていることには、地下工場の妨害は何もない。

(まるで奇蹟に見える)

そう思い、十津川は、少しずつ、勇気が湧いてくるのを感じた。

夕食のあと、近くに住む助手がやってきて、刀工が仕事を始めた。

十津川たちは、しばらく刀工の小屋に籠《こ》もって、日本刀が出来あがるのを待つことにした。

ただ、その間に、町役場の桜井助役が抜け出していなくなった。桜井助役について行った若い職員は翌朝、疲れ切って戻ってくると、

「桜井助役が、亡くなりました」

と、報告した。

桜井は、娘が地下工場に監禁されていると考え、もぐり込もうとしたというのだ。

「ロボットに見つかってしまい、いきなり熱線を浴びせられて、桜井助役は消えてしまいました。近くにいた私も、やけどを負いました」

若い職員は、左手に巻いた包帯を示した。

「地下工場の入口までは行ったんだね？」

と、十津川が、きいた。

「そうです。ロボットが交代する時間を狙って、助役は地下工場の中に、もぐり込もうとしたんです」

「君も一緒だったんだろう？　どんなことでもいい、何か分かったこと、気が付いたことは、なかったかね？」

と、十津川は、しつこくきいた。

「何かといわれても、桜井助役が死んでしまって――」

「君も負傷した。ということは、君は地下工場に入りかけていたんじゃないのか？」

「でも、桜井助役を助けられなかったんです」

「助役のことは忘れるんだ。君が感じたことをいってくれ！」

と、十津川が、怒鳴った。

「寒かった――」

「寒いって、何処《どこ》がだ？」

「地下への入口です」

「入口が、寒かったのか？」

「飛び込もうと思ったら、奥から冷たい風が吹いてきたんです。それで、迷っていたら、桜井助役が見つかってしまって――」

やっと、言葉がつながった。

「冷房ですよ」

と、原田駅長が横からいった。

「まだ冷房は、早いでしょう？」

「人間にはね。ですが、コンピューターは違うんです」

「くわしく説明して下さい」

「奥多摩駅で、乗客が多くなったので、コンピューターの導入を考えたんですよ。それも一台ではなく、数台をいっきに導入しようとしたら、コンピューターの専門家から、コンピューターは温度に敏感だから、何台も導入すると、いつも室温を下げておく必要がありますよ、といわれたんです。あの地下工場には、コンピューターが何台も、いや何十台も入っている筈だから、当然、コンピューターのために、室温は下げているると思いますね」

と、原田は、いった。

十津川は絶えず、地下工場に監禁されている人間のことを考えている。助け出すにはどうしたらいいのか。

コンピューターと室温のことも、自然に、そのことが彼等の救出につながるかどうかを、考えてしまう。

(地下工場の中の温度は、コンピューターのために低く抑えられている)

それが人質救出に役立つのか、逆に救出を難しくするのかと、十津川は考えてしまうのだ。

「分かった。よく覚えておく」

と、十津川は、肯《うなず》いた。

3

それから一週間、十津川たちは、刀工の家から動かなかった。その間、意識して木之内総裁やロボットたちの動きを無視した。三本の日本刀が完成し、それを持った時が、地下工場を攻撃する時だと、決めていたからである。

一本目の日本刀が、完成した。

あとの二本は、前から注文を受けていたものだが、依頼主が取りに来ないのだと、刀工はいった。

全部で三振りの中の一本を手に取り、十津川は、柄の部分に白く細い包帯を巻きつけた。戦いの時、手が滑って、刀を落とさないようにするためである。

あとの二本は、亀井刑事と原田駅長に渡された。

現在、十津川と一緒にいるのは、刑事、警察官が十六名、奥多摩駅の駅員が原田駅長以下八名、奥多摩町役場の職員が、町長以下十六名。その他の町民が二十一名。合計、六十一名である。

その中で、日本刀を持つのが十津川たち三名。他の者は、自分たちで武器を探してきた。それは竹槍だったり、自分で作った弓矢だったり、パチンコだったりした。

十津川は自分たちのグループを、さまざまな職業の集まりから、

「平成奇兵隊」

と名付けた。戦いのプロも素人もいるからである。

出発に先立って、十津川は、若い刑事二人を、偵察に行かせた。

現在、午前十一時。

四十分ほどして、二人の刑事が戻ってきた。

二人が交々《こもごも》、十津川に報告する。

「この町の中心部は、完全に連中が掌握しています」

と、一人が、いう。

「人々は、連中のいうことを聞かなければ、ここでは暮らしていけないので、あの木之内総裁の新日本、という国の人間になる。恐怖と、生きていくための服従です。今日の午後三時から、地下工場の屋根、今は芝生になっていますが、そこに人々を集めて、新しい日本国の国民になる祝賀会が行われるそうです」

「午後三時か？」

「そうです」

「住民は、喜んでいるのか？」

「どうですかね。新国民として、絶対服従を誓うわけですから、楽しいとは思えませんね」

「将来工場を建てるということで、鉄骨が立っていたな？」

「その鉄骨は、全て取り外されています」

「そうか。もう、仮面をつけなくてもよくなったんだな」

「だと思います」

「鉄骨が取り外されているとすると、地下工場の屋根は一面の芝生になっているわけだね？」

「そうです」

「地下工場に、空気を送る換気孔が、何本もあった筈だ。木の幹のように見せてだ」

「今は、そんな細工は全くありません。地下に空気を送るための換気塔が三ヶ所に設けられていて、それは、巨大な三本の鋼鉄の柱に見えます」

「そうか。もう隠す必要がなくなったんだな」

「今もいったように、連中は、市民の大部分を掌握しました。支配したと確信したので、雷雨の予報があるなか、今日、市民を集めて祝賀会をやるのだと思います」

「その時に、さまざまな利益を与えると同時に、絶対服従を、誓わせるつもりだろう」

「家庭への電力供給は、再開するようです。原始から近代に戻す、と約束しています」

「問題は、現在、地下工場に監禁されている人たちだが、解放される可能性はあるのか？」

と、十津川が、きいた。

「それは、まず考えられません。とにかく木之内が求めるのは絶対服従ですから」

「しかし、市民が集まるわけだろう。その一人一人について連中は、どうやって敵味方を見分けるつもりなんだ？」

「そのための専門のロボットが、五体用意されています」

「ロボットに、審査させるのか？」

「人間が感情に支配されるのに比べて、ロボットは常に冷静だから信用出来る、といっています。日本パーマネント株式会社では、以前から面接に、ロボットを使って成功しているといっています」

「ロボットによる面接か」

と、十津川は笑ったが、すぐ笑いを消して、

「それでは、われわれが、秘《ひそ》かに地下工場にもぐり込むのは無理だが、今日を外したら、この町は完全に連中に支配されてしまう。戦うよりないな」

と、いった。

しかし、ロボットたちと、まともに戦って勝てる自信は、十津川にはない。そこで、全員に戦いを強制はしないことにした。

それでも、二十五人がついてくることになった。

十津川は、その二十五人に対してよりも、この場に残る人たちに向かって、熱意をこめていった。

「私たちはある作戦を思いついたが、多分、連中に負けて、熱線で消されてしまうだろう。そうなると、残ったあなた方に、今後のことを頼むしかない。連中と戦うな。逃げて、逃げて、この時代の真相を後世に伝えて欲しいんだ。そうしてくれないと、この日本だけでなく世界の歴史がゆがんで伝えられてしまう恐れがある。それでは、私たちも、死ぬに死ねないからね」

残った人たちが肯くのを確認してから、十津川たちは出発した。

4

奥多摩の中心街は、一見変わったようには見えない。いや、それは正確ではない。元に戻りつつあったというべきだろう。交通信号は、消えていたのが、点灯するようになったし、車も走るようになっていた。

奥多摩駅の前には、

「明日より、全面開通」

の看板が、かかっていた。

町のところどころに、ロボットがいた。

突然、十津川の目の前を青年の一人が駆けていった。

いや、逃げ出した。一体のロボットから、その青年に向かって、熱線が走った。その瞬間、十津川たちを包む空気が熱くなった。

次の瞬間、青年の姿が消えた。

「シュッ」

という、短い音と共にである。

あの熱線なら、人間の肉でも、骨でも衣服でも、銀のバッジでも、全て一瞬で燃えて消えてしまうのだ。

「地下工場へ行こう」

と、十津川が、短くいった。

二万坪の地下工場の周辺は、にぎやかだった。

奥多摩町の人口は、五千人余り。その半分ぐらいが、集まっていた。

地下工場の屋根を蔽《おお》う芝生の上には、パーティの用意がされていた。

ただ、入口には、五体のロボットが、横に並んでいた。

他のロボットとは、少しだけ違って見えた。もっとも違うのは、顔の部分だった。まるでテレビ画面のように輝いている。人々はそのロボットの前に立ち、質問に答えなければならないのだ。

正直に答えている限り、ロボットの顔の色は変わらない。が、嘘を一つつくたびに顔色が変わっていき、それが五つになった時、顔面全体が赤くなり、向かい合っている市民は、容赦なく消されてしまうのだ。

その時、十津川と一緒に来た若い刑事五人が、ロボットの前に立った。

ロボットの質問が始まった瞬間、五人の刑事は一斉にロボットに抱きつき、顔面をふさいでしまった。

その隙に、残った二十一人は、検問所をすり抜けて、芝生の広場に走り込み、集まっていた市民の群れの中に、もぐり込んだ。

続いて十津川は、亀井刑事の背中を叩《たた》いた。

亀井が若い刑事二人を促して、走り出した。

三本の巨大な煙突のような換気塔。その三本の根元に向かって、三人の刑事が走ったのである。

五、六分して、戻って来た。

マイクが叫んだ。

「十津川警部に告げる。検問所で、刑事五人を逮捕した。直ちに、部下と共に検問所に出頭せよ。さもなければ、直ちに五人の刑事を処刑する」

「二分の一、やったか？」

と、小声で、亀井にきいた。

「何とかやれたと思います」

「それでは出て行こう。五人を殺されたくない」

と、十津川は、いった。

十津川たちが検問所に戻ると、なぜか、すぐ地下工場に連れていかれた。

一番奥の部屋である。

通路は一様に寒いのに、この部屋だけは暖かかった。木之内の好みなのか、他の場所はコンピューターやロボットがあふれているのに、この部屋だけは、ロココ調の内装だった。

一段高い場所に置かれたソファに、木之内社長がいた。

いや、今は別の呼び方をしなければいけないかもしれない。肉体はサイボーグに変わり、その上に頭脳が乗っている、木之内総裁なのだ。

銀色に光る仮面をかぶっている。その中に、どんな顔がおさまっているのかが、分からない。

「十津川君」

と、木之内が、声をかけてきた。

「私は、新しい国家を作り、新しい国民を幸福にすると約束した。だが、絶対服従も、要求した。君と君の仲間は、そのどちらも気に入らないようだね。それどころか、私と、私の新国家を潰そうと、考えている。そんなことが出来ないのは、分かっているだろうに、バカな人たちだ。一つ注意しておくが、君と刑事たちに対して熱線が向けられている。君たちが少しでも動けば、熱線が照射される。その威力は、よく知っているはずだ」

「私たちを、どうするつもりだ？」

十津川が、木之内を睨《にら》んだ。

「私に反抗する者には死を、が私の信念だ」

「それなら、早く殺せばいい」

十津川がいうと、仮面の下から笑い声が聞こえた。

「せっかく、そちらから飛び込んで来たんだから、われわれにとってプラスになるように、殺さないとね」

「ここに監禁されている人間がいる筈だ。もう殺されたのか？」

「いや、まだ、生きている」

「それなら、解放してくれ。代わりに、私たちを捕えたんだから、いい筈だ」

十津川がいうと、また木之内は、仮面の下で笑い声を立てた。

「身代わり話というのは、私は、もっとも嫌いでね。君と人質を、同時に殺してやりたくなる」

「それなら、私を利用すればいい。利用したあとで、殺せばいい。その代わり、私以外の刑事たちや、監禁されている人たちを解放してくれ」

「君に利用価値があるのかね？」

「私は、警視庁捜査一課の警部だ。一般人よりも、利用価値はある筈だ」

「もちろん警視総監は、知っているね？」

「私たちのボスだ」

「それなら、警視総監宛に、手紙を書いて貰《もら》おうか」

と、木之内がいい、ロボットが、十津川の前に、ペンと便箋《びんせん》を運んできた。

木之内が、そこに書くべき文章を、読みあげた。

「私十津川省三《しょうぞう》は、今回の事件の調査に奥多摩町に来ています。ここ青梅線沿線は、すでに、新しい日本国が占有し新宿近くまで、その影響力を伸ばしています。私が調べた限り、新しい日本国は、夢の王国と呼べると思います。ＡＩとロボットの進歩によって、人間は辛《つら》い労働から解放されています。

この新しい日本国は、このあと、新宿、東京と占有地を広げていくでしょうが、警視総監に申し上げたい。抵抗をしないで下さい。なぜなら、新日本国は、占有地の生活を必ず以前より豊かにするからです。従って、抵抗は意味がありません。

私は、この目で見た事実を書いています。抵抗して、いたずらに死傷者を出すことなく、平和で豊かな未来を受け入れて下さい。お願いします。

捜査一課　十津川省三
警視総監殿」

「その通りの手紙を警視総監宛に書けば、私の部下や、人質を、解放してくれるんだな？」

　と、ペンを手に持って、きいた。

「何を、バカなことを聞くんだ。予定通り、全員を、殺す」

「それなら、私も、そんな手紙は書かない」

「それなら、それでいい」

　と、木之内は、突き放すようにいった。

「どうしても、われわれも、人質も殺すんだな？」

「殺す。君は総監宛の手紙を書くんだ」

「われわれ全員を殺すという相手に、誰がいいなりになるんだ。バカも休み休みいえ」

「だが、君は、書くんだ」

「冗談じゃない」

「だが、書くことになるんだよ」

「どうして？」

「いいか。君たち全員を殺すが、今は十分間に一人を殺すことにしてある。君が警視総監宛の手紙を書けば、二十分に一人にしてやる。それでも、拒否するかね？」

「殺すなら、拒否する」

と、十津川は、仮面の木之内を見つめた。

「それでは、仕方がないね」

木之内は、小さく肩をすくめ、

「現在、午後二時二十分。今から十分ごとに、一人ずつ消していく。始めろ」

と、命じた。

その瞬間、鋭い光が、十津川たちを貫いた。

強烈な、物の焼ける匂い。若い刑事が一人、立ち上がろうとして、蒸発した。

その刑事を助けようとして、手を伸ばした刑事の手が、見る見るただれていく。

「やめろ！」

と、思わず、十津川が叫んだ。

木之内が、小さく笑い声を立てた。

「君に注意しておくが、動けば自動的に熱線のスイッチが入って、君は消える」

「何が望みだ？」

「さっきからいっている。絶対的服従だ」

「それは、間違っている」

「あと九分だ。次の一人が、消える。あと八分五十秒。その間、泣きわめいても、叫んでもいいぞ」

「人を殺して、面白いのか？」

十津川が睨むと、相手はまた、楽しそうに笑い声を立てた。

「私はね。永遠の命を与えられたんだよ。神になったんだよ。神にはね、世俗的な悲哀は関係ないんだ。ああ、それから、君たちが持っていた日本刀や槍や弓などは、私が指さしただけで、溶けてしまった。あの鉄で、君たちのために、小さな記念碑を建ててやろう。未来を信じぬ頑迷な者たちの碑だ」

ベルが小さく鳴った。

再び熱線が十津川たちに向かって走り、一人の刑事が消え、二、三人が呻《うめ》き声をあげた。

「くそッ」

十津川が唇を噛《か》む。

亀井刑事が小声で、十津川にささやいた。

「頭痛がします。間違いなく、急激に気圧が下がっています」

「――――」

「十津川君に知らせておこう。人質の一人、水道屋が、今、死んだという知らせがあった。自殺だ。水道屋は、私の屋敷の水廻《まわ》りに必要だから、助けてやろうと思っていたのに、バカな男だ。恐怖の余り、首を吊《つ》って死んだというんだからね」

「お前に抗議して死んだんだ」

「七分五十秒。あと七分四十秒になったよ」

「止めろ！」

「そうだ。十分おきに、人が死ぬのを見ているのも退屈だな。十津川君。どうだね。君が裸踊りをして、私が楽しめたら、十分で一人を、二十分で一人に延ばしてやろう。私の慈悲だ」

木之内が楽しそうに、いう。

「何が、慈悲だ。お前は心が病んでるんだ」

「そんなに死にたいのかね。それなら、五分に一人にしてやろう」

その時、突然轟音《ごうおん》がひびき、部屋の壁がふるえた。

同時に、明かりが消えた。

地下工場の操作で、明かりを消したわけではなかった。

その証拠に、木之内が怒鳴り、「早く、明かりをつけろ！」と、叫んだからである。

その声を、まるでかき消してしまうように、たて続けに大音響が鳴りひびき、地下工場がふるえた。

だが、明かりは、消えたままである。

ロボットも、動きをやめてしまった。

暗くなった部屋を、青白い光が刺し貫く。

そして、また、耳をつんざく轟音。

今は、誰も声をあげない。轟音によってかき消されてしまうからだ。

「天候不順。雷が、ここに落ち続けています」

と、亀井が、小声でいった。

「もう普通の声で、大丈夫だよ」

と、十津川が、いった。

「二分の一が成功しましたね」

と、亀井がいった。

やっと非常灯がついたが、ロボットは動かない。いや、動けない。

高温の熱線を出す能力を持つロボットたちだが、十万ボルトの直撃を受けて、内蔵したコンピューターは破壊され、ただの鉄のかたまりになってしまったらしい。

この地下工場には、数十台の大型コンピューターが置かれている。そのコンピューターはケーブルでつながれている。つなぐことによってコンピューターの性能、スピードは幾何級数的に向上する。

そのコンピューター群が、ロボットを大量生産し、真空の壁を創り、木之内に永遠の生命を与えたのだろう。

だが、雷の一撃を受けて、つないであったコンピューターは、一瞬にして全滅してしまった。

この部屋から逃げようとする木之内を、十津川と亀井の二人で取り押さえた。

「どうして雷が続けて落ちたのか分からん。避雷システムは完璧《かんぺき》だったのに」

「あの巨大な三本の換気塔だろう。三本もあって、避雷針を兼ねていることは、すぐ分かったよ。それで地下工場に入る前に、細工しておいたのだ」

「どんな細工を？」

「避雷針には、二分の一の法則というのがある。避雷針の保護範囲だよ。針の先端を頂点とした円錐《えんすい》形を考えると、頂角の二分の一の範囲を保護するということだ。そこで私は、地下工場に忍び込む前に、その二分の一の範囲をぶちこわすようにした。三本の換気塔を導線で結びつけた。避雷針なら、その先を地面に接続させる。雷の電流を土に逃がすためだ。しかし私たちは先端を土ではなく、あの三本の換気塔の鉄の部分につないでおいた。うまく、異常気象のせいで、続けざまに落雷があって、地下工場を支配しているＡＩが毀れてしまった。そうなれば、君たちはただのデクの坊だ」

十津川がいうと、木之内は、近くのテーブルから生花をつかんで、それを壁に向かって投げつけた。

「その結果は、自分にも分からなかったが、たて続けに、落雷があったから、私たちのやったことは成功したんだ」

「だが、私は永遠の生命を手に入れた。それを毀したら、私は君を傷害罪で告訴してやるぞ」

「私は別に、君の作られた能力を、ぶちこわそうとは思わないよ」

と、十津川は、落ち着いていった。

5

木之内の性格は独裁的で、仲間や部下を信用しなかった。永遠の生命を自分は獲得しながら、他の誰にも与えようとしなかった。

逆にいえば、それが十津川には有難かった。

木之内が永遠の生命を手に入れ、新しい日本を作ろうと、奥多摩から出発し、青梅、立川、そして新宿近くまで占領地区を広げていった。だが、その手足だったロボットには、何の権限も与えなかった。

太平洋戦争の時の、日本の軍隊と同じである。

完全な上意下達である。

上が命令して、下がそれに従う。だから、下の者が勝手に動くことはない。全て上の命令によって動く。

木之内は、その方式を、細かいことまで実行していた。占領地区のロボットを、地下工場から動かしていたのである。

十津川たちが奥多摩の地下工場を占領しても、前線のロボットは、反乱を起こすこともなく、力を失ってしまっていたのだ。

これが、十津川に味方した。

これが独裁者の弱さというものだろう。木之内は、自分だけが永遠の生命を手に入れることに奔走した。ライバルの存在を許さないのだ。そのため、木之内が力を失い、逮捕された時点で彼の「新日本国」は、崩壊したのである。

従って、事後処理は、物理的には大変だったが、心理的には楽だった。

地下工場で大量生産されたロボットは、新日本国のいたるところに配置されていた。が、中央の指令で動くように設計されていたので、木之内が逮捕されてしまうと、ただの人形になってしまったのである。

独裁志向の木之内は、ロボットが、自ら考えることを禁じていた。

そうしたロボット（兵士）のいる国家が一番強力だと、木之内は考えていたのだ。どんな命令にも疑いを持たず、上からの命令のままに行動するロボットこそ、最良最強の兵士と考えていたと知って、十津川は、戦争中の日本の軍隊を考えた。全て同じだからである。

日本は徴兵制だったから、二十歳で召集される。初めて兵士になった男たちを、どうしたら強い兵士に出来るかと考えた末に決めたのは、「殴る」ことだった。とにかく、殴るのである。理由はない。早いといっては殴り、遅いといっては殴る。上からの命令に無批判に従うのが、最強の戦士という考えである。確かに、そうした兵士たちが強かった時代もあったが、現代戦では落第だった。現代戦では、小部隊が孤立してしまうことが多い。その時、ただただ上からの命令に従うだけの兵士たちは、自主的に動けず、無力な兵士になってしまうからである。

木之内は、太平洋戦争での日本軍の失敗から学ばず、ロボットを作ってしまったのである。

ひたすら上からの命令に従うだけのロボットは、命令者がいなくなると、自分で考えて行動することが出来ず、自滅し、ただの鉄のかたまりになってしまう。

しかし、十津川が苦しんだこともあった。地下工場に監禁されていた人たちのことである。

二人の刑事の他に、奥多摩町役場の助役・桜井の娘、桜井亜紀もいた。無事に解放されたのだが、父親の桜井は、娘を助けようとして、地下工場に侵入を試みて失敗し、殺されてしまっていた。

そのことを娘の亜紀は知らなかった。そのため、解放された時、彼女は喜びの中で父のことを知って、泣いたのである。

十津川は、こうしたことが苦手で当惑したのだが、そこは、現代っ娘《こ》らしく、さっさとアメリカに渡ってしまった。

城戸一馬や神社で服毒死した女性、そして長谷川浩も、木之内の計画の犠牲者である。

最後は、その木之内のことである。

彼は殺人容疑で起訴されたが、その際十津川は、求められて、自分の考えを説明した。

木之内をどう断罪すべきかについて、意見をきかれたので、十津川は二時間にわたって、自分の考えを話した。

そのあとで、拘置されている木之内から、会いたいといわれて、十津川は会いにいった。

木之内は、意外に元気だった。笑いながら、こういうのである。

「私は永遠の生命を手に入れた。神に等しいのだ。そんな私に、死刑の宣告なんか、下せないぞ」

その言葉に十津川は、苦笑して、

「私は、意見を聞かれたので、木之内永世に対して、死刑の宣告はしないでほしいといっておいたよ」

というと、木之内は、嬉《うれ》しそうな表情になって、

「よく分かっているじゃないか。私は永遠の生命を手に入れた人間だ。その私に対して、死刑を宣告することは、私を否定するに等しいのだ」

「だから、今いったように、私は、死刑の宣告はしないでほしいといっておいた。た

だし、無期の宣告をしてくれとね。それも、今までのように途中で釈放はせず、アメリカのように、死ぬまで独居房に入れておくべきだと、いっておいたよ」

「しかしねえ。私は死なないんだよ。そうなると、死ぬまでというのは、意味をなさないんじゃないのかね？」

「いや。それでいいんだ。死ぬまで、君は刑務所に入っている。死ななければ永遠に入っていることになる。そのまま続けばどんなことになるか。そのうちに、私は死ぬが、君は独房の中で生き続ける。事件の関係者も次々に死んでいき、そのうちに、君のことを知っている人間は一人もいなくなる。それでも君は、刑務所の中で、一人で生き続けるんだ。そのうちに、誰にも知られずに生き続けることに、君は疲れてくる。それでも君は死ぬことが出来ずに生き続ける。刑務所の所長も看守も死ぬ。君のことをニュースにした記者も死ぬ。君のことを知っている人たち全員がいなくなり、マスコミも君のことを忘れてしまう。完全な孤独だよ。はたして君は、それに堪えられるかね？」

「平気だよ。私は神になったんだからね。神はいつも孤独だ」

「君に渡したいものを持って来たんだ」

十津川は、一枚の手鏡を取り出して、木之内の前に置いた。

「今日、君に会いに行くといったら、君の弁護士に、これを渡してくれと頼まれたんだよ」

「鏡なんかを、どうして、私に？」

「君の弁護士は、こういっていた。事件の関係者が全て死んでしまったら、君は刑務所の中で孤独にさいなまれる。もし誰かと話したくなったら、この鏡に映る自分と話しなさいとね」

本書は二〇一七年十一月、小社より刊行されました。

本作品はフィクションです。実在のいかなる組織、個人とも、一切関わりのないことを付記します。
（編集部）

青梅線《おうめせん》レポートの謎《なぞ》

西村京太郎《にしむらきようたろう》

令和2年 9月25日 初版発行

発行者●青柳昌行

発行●株式会社KADOKAWA
〒102-8177 東京都千代田区富士見2-13-3
電話 0570-002-301(ナビダイヤル)

角川文庫 22329

印刷所●株式会社暁印刷
製本所●株式会社ビルディング・ブックセンター

表紙画●和田三造

●お問い合わせ
https://www.kadokawa.co.jp/(「お問い合わせ」へお進みください)
※内容によっては、お答えできない場合があります。
※サポートは日本国内のみとさせていただきます。
※Japanese text only

ISBN 978-4-04-109576-8 C0193

◇◇◇

角川文庫発刊に際して

角川源義

第二次世界大戦の敗北は、軍事力の敗北であった以上に、私たちの若い文化力の敗退であった。私たちの文化が戦争に対して如何に無力であり、単なるあだ花に過ぎなかったかを、私たちは身を以て体験し痛感した。西洋近代文化の摂取にとって、明治以後八十年の歳月は決して短かすぎたとは言えない。にもかかわらず、近代文化の伝統を確立し、自由な批判と柔軟な良識に富む文化層として自らを形成することに私たちは失敗して来た。そしてこれは、各層への文化の普及滲透を任務とする出版人の責任でもあった。

一九四五年以来、私たちは再び振出しに戻り、第一歩から踏み出すことを余儀なくされた。これは大きな不幸ではあるが、反面、これまでの混沌・未熟・歪曲の中にあった我が国の文化に秩序と確たる基礎を齎らすためには絶好の機会でもある。角川書店は、このような祖国の文化的危機にあたり、微力をも顧みず再建の礎石たるべき抱負と決意とをもって出発したが、ここに創立以来の念願を果すべく角川文庫を発刊する。これまで刊行されたあらゆる全集叢書文庫類の長所と短所とを検討し、古今東西の不朽の典籍を、良心的編集のもとに、廉価に、そして書架にふさわしい美本として、多くのひとびとに提供しようとする。しかし私たちは徒らに百科全書的な知識のジレッタントを作ることを目的とせず、あくまで祖国の文化に秩序と再建への道を示し、この文庫を角川書店の栄ある事業として、今後永久に継続発展せしめ、学芸と教養との殿堂として大成せんことを期したい。多くの読書子の愛情ある忠言と支持とによって、この希望と抱負とを完遂せしめられんことを願う。

一九四九年五月三日

角川文庫ベストセラー

感傷の街角
大沢在昌

早川法律事務所に所属する失踪人調査のプロ佐久間公がボトル一本の報酬で引き受けた仕事は、かつて横浜で遊んでいた〝元少女〟を捜すことだった。著者23歳のデビューを飾った、青春ハードボイルド。

漂泊の街角
大沢在昌

佐久間公は芸能プロからの依頼で、失踪した17歳の新人タレントを追ううち、一匹狼のもめごと処理屋・岡江から奇妙な警告を受ける。大沢作品のなかでも屈指の人気を誇る佐久間公シリーズ第2弾。

緑の家の女
逢坂　剛

ある女の調査を頼まれた岡坂神策。周辺を探っている最中、女の部屋で不可解な転落事故が！　逢坂剛の大人のサスペンス。「岡坂神策」シリーズ短編集（『ハポン追跡』）が改題され、装い新たに登場！

宝を探す女
逢坂　剛

岡坂神策は、ある晩ひったくりにあった女を助けるが、なぜかその女から幕末埋蔵金探しを持ちかけられる（表題作）。「岡坂神策」シリーズから、5編のサスペンス！『カプグラの悪夢』改題。

十字路に立つ女
逢坂　剛

岡坂の知人の娘に持ち込まれた不審な腎移植手術の話。古書街の強引な地上げ攻勢、過去に起きた婦女暴行殺人犯の脱走。そして美しいスペイン文学研究者との恋。錯綜する謎を追う、岡坂神策シリーズの傑作長編！

角川文庫ベストセラー

金融腐蝕列島 (上)(下)

高杉　良

大手都銀・協立銀行の竹中治夫は、本店総務部へ異動になった。総会屋対策の担当だった。組織の論理の前に、心ならずも不正融資に手を貸す竹中。相次ぐ金融不祥事に、銀行の暗部にメスを入れた長編経済小説。

呪縛 (上)(下)
金融腐蝕列島Ⅱ

高杉　良

金融不祥事が明るみに出た大手都銀。強制捜査、逮捕への不安、上層部の葛藤が渦巻く。自らの誇りを賭け、銀行の健全化と再生のために、ミドルたちは組織の呪縛にどう立ち向かうのか。衝撃の経済小説。

再生 (上)(下)
続・金融腐蝕列島

高杉　良

金融不祥事で危機に陥った協立銀行。不良債権の回収と処理に奔走する竹中は、住宅管理機構との対応を命じられ、新たな不良債権に関わる。社外からの攻撃と銀行の論理の狭間で苦悩するミドルの姿を描く長編。

猛禽の宴

楡　周平

NYマフィアのボスを後ろ盾にコカイン・ビジネスで成功してきた朝倉恭介。だがマフィア間の抗争で闇ルートが危機に瀕し、恭介の血は沸き立つ。〝朝倉恭介vs川瀬雅彦〟シリーズ第3弾！

朝倉恭介

楡　周平

悪のヒーロー、朝倉恭介が作り上げたコカイン密輸の完璧なシステムがついに白日の下に。警察からもCIAからも追われる恭介。そして訪れた川瀬雅彦との対決。〝朝倉恭介vs川瀬雅彦〟シリーズ最終巻。

角川文庫ベストセラー

遠い昨日、近い昔

森村誠一

焦土から出発し、日本中をブームに巻き込んだ社会派推理作家が、現代を生きる我々に語りかける。人はなぜ書き、そしてなぜ生きるのか。著者初めての自伝、遂に文庫化！

棟居刑事の断罪

森村誠一

轢き逃げされた男から1億円を横取りした男女。二度と会わない約束で別れた1年後、幸せな結婚生活を送る女のもとに〝呼び出し〟の電話が。日常の断片に腐蝕した巨悪を抉る社会派推理の大作。

深海の寓話

森村誠一

元刑事の鯨井義信は、環状線で黒服集団に囲まれた女性を、乗り合わせた紳士たちと協力して救ったことをきっかけに、私製の正義の実現を目指す。犯罪の芽を摘んだ鯨井たちは、「正義」への考えを新たにする。

山田風太郎ベストコレクション

甲賀忍法帖

山田風太郎

400年来の宿敵として対立してきた伊賀と甲賀の忍者たちが、秘術の限りを尽くして繰り広げる地獄絵巻。壮絶な死闘の果てに漂う哀しい慕情とは……風太郎忍法帖の記念碑的作品！

山田風太郎ベストコレクション

虚像淫楽

山田風太郎

性的倒錯の極致がミステリーとして昇華された初期短編の傑作「虚像淫楽」。「眼中の悪魔」とあわせて探偵作家クラブ賞を受賞した表題作を軸に、傑作ミステリ短編を集めた決定版。